ポルタ文庫

フルーツパーラー『宝石果店』の憂鬱

江本マシメサ

新紀元社

もくじ

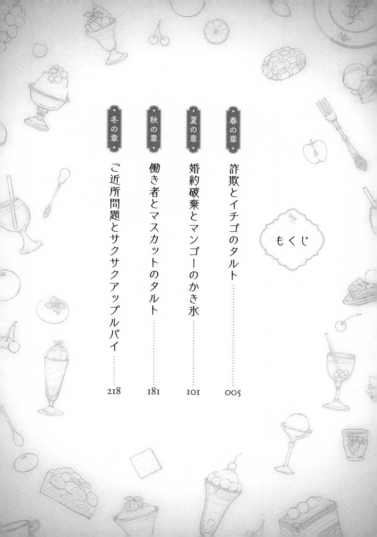

春の章　詐欺とイチゴのタルト

人は、不幸から逃れられない。どんなに真面目に生きていても。

不幸の連鎖は気付かぬうちにそっと接近し、いつの間にか影のように足下にまとわりついて離れなくなる。

もがいても、もがいても、不幸がなくなることはない。気付いたときには、海の奥底のような深い場所に引きずりこまれているのだ。

不幸から逃れるにはどうしたらいいのか。

私は佐久間里菜《さくまりな》という名を受けて二十六年生きているが、いまだわからないでいる。

ただ、不幸だ、不幸だと嘆きながら生きるのは、あまりにも辛《つら》い。

だから、憂鬱だと思うようにして、日々をのらりくらりと生きている。

◇◇◇

夕暮れ時——喫茶店の、ガラス窓に沿って設置されたカウンター席を陣取る。隣に座るのは、高校時代からの友人、麻衣《まい》。

お代わり自由のコーヒーを飲み、ガラス窓越しに道行く人をぼんやり眺めながら、彼女の不幸話に耳を傾ける。

「ねえ、里菜、聞いてよー。彼氏が無職になって同棲することになったんだけれど、生活費だけじゃなくて、お小遣いまで私が渡すことになったんだ」

「えっ、あの、美容師の彼氏が⁉」

麻衣の彼氏は、半年前に紹介してもらった。美容師で、予約が取れないほど人気だったらしい。

件《くだん》の彼氏——名前は飯島亜紀人《いいじまあきと》といったか。肌を日焼けサロンでしっかり焼き、整髪剤でツンツンに整えられた髪は金色。シャツには柄が入っている『チャラ男』という言葉を擬人化したような人物だった。

正直な話、麻衣にはもっと、年上で落ち着いた、真面目な男性のほうが合っていると思っていたのに……。

きっと、気に入られてグイグイ迫られた末に付き合うことになったのだろう。歴代の彼氏も、そんな感じだった。

　多忙な麻衣は広告代理店に勤めていて、こうしてゆっくり話すのも久しぶり。毎日の残業は当たり前。休日出勤は毎週ある。

　そんな超絶ブラックな環境で働いているため、人を見る判断能力が極めて低下しているのかもしれない。だから、無条件にコロッと落ちてしまう。

　いい人を紹介できたらいいんだけれど、残念ながらそんな出会いなんてない。私は、ネイリストだから。客は九割女性である。一割は男性だけれど、『彼』というより『彼女』といったほうがいい方ばかりだ。

　当然、私にも出会いなんてない。彼氏がいたのは三年前。もっとも仕事が忙しかった時期に、彼氏のほうから「仕事と俺と、どっちが大事なんだよ」と詰め寄られ、「うるさーい、仕事じゃーー！」と叫んでしまったのがきっかけで別れた。

　ネイリストとして大事な時期だったので、応援してほしかった。しかし、世の中上《う》手《ま》くいかないようになっているのだろう。

　どうしても親密な関係になると、理解してほしいと期待してしまう。私は何人目かの彼氏と別れてから、ようやく気付いた。他人に期待するだけ、無駄なのだという事実に。

　以降、私は仕事を彼氏と思うことにして、日々頑張っている。

彼氏がいるからといって、常に幸せというわけではない。隣で憂鬱そうにミルクたっぷりのアイスコーヒーを飲む、麻衣のように。

「同棲するのも、生活費を負担するのもいいんだけれど、三ヶ月も求職活動しているのに、まだ仕事が決まらないのは、どうなんだろうねー」

ちらりと、麻衣の横顔を覗く。眉尻は下がり、瞳には呆れの色が滲《にじ》んでいる。しかし、本当に悩んでいて、解決したいという切羽詰まった感じではなかった。

ならば、彼女が今欲しているのは、解決方法ではなく同情と励ましの言葉だろう。

「大変だね。でも、すごいじゃない。彼氏を三ヶ月も支えて」

「でも、これが長く続くのも辛いかもしれない」

「彼氏は元カリスマ美容師だったっけ？」

「うん」

「だったら、再就職先をえり好みしているのかも？」

「いや、そもそも、本当にカリスマ美容師だったのかな？」

「そこ、今になって疑う？」

「だってー、そういう人って、引く手あまたなイメージがあるし」

私は紹介された瞬間、「こいつ本当にカリスマ美容師かよ。オーラないな」と思った。もちろん、口が裂けても言えないが。

麻衣と飯島氏との出会いは、終電後にも開いているうどん屋さんだったらしい。そこで意気投合し、連絡先を交換。次に会ったときには付き合うことになったようだ。

「いや、うどん屋さんでナンパって、どうなの？」

「情緒も何もあったものじゃないよね。でも、当時は仕事がすっごく忙しくて。メイクも髪型もぐちゃぐちゃな私を、きれいにしてくれて、仕事がきついって愚痴を零《こぼ》したときも、励ましてくれて……嬉しかった」

麻衣はうっとりした様子で、出会いを語っていた。

「なんていうか、亜紀人君の明るさに救われたんだよねー」

麻衣の勤め先は『ブラック企業』という言葉を具現化させたような会社で、「たぶん、勤め先ブラックだから、早く辞めたほうがいいよ」とやんわり指摘していた。

それなのに本人は聞く耳持たず、勤続三年、無遅刻無欠勤で働いている。

ブラック企業に就職し、馬車馬のように働いた結果が、チャラ男に捕まり、その男がヒモになるという不幸の連鎖。

どうか彼女に幸せをと、祈らずにはいられない。

昔から一途で、こうと決めたら突き進む、真面目で頑張り屋だった。麻衣のそんな性質が、ブラック企業の人を人とも見ていない業務体制にガッチリハマってしまったのだ。

彼氏だってそうだ。麻衣が好きになるのは決まって、明るくてお喋りで、常に陽の雰囲気を振りまいている人。

学生時代ならそういうタイプはクラスの人気者で、好きになるのもわかる。けれど、大人になったら、もっと現実を、将来を見据えた相手と付き合ってほしい。

「でも今日、会いたいって言ったら、すぐに里菜が会ってくれたから、嬉しかったなー」

「あ、うん」

実は、会うか会わないか、迷った。

私はお節介な気質で、ついつい、麻衣と価値観がズレている点が気になって物申してしまうのだ。

こうして呼び出しがあるときは、たいてい相談か愚痴を言うのが目的である。私はまた、大事な友人にいらぬことを言ってしまうのではないかと、怖かったのだ。

あれは、二年前くらいだったか。

その場にいなかったある友人が借りたお金を返さないという話で皆で盛り上がっていた。金額は数百円と少額だったが、私も彼女に貸していたことを思い出す。後日、お金を返してもらったついでに、「貸すのはいいけれど、きちんと返してね。みんな呆れているから」と伝えた。本人は返すつもりはあったけれど、忘れることがしばしばあったようだ。「これからは、忘れないようにするし、なるべく借りないようにするね」と言ってくれて、その場は平和に収まる。

後日、この話を先日集まった友人らにしたら、表情が凍り付いた。「あれはこの場限りの話だったじゃん！」と、怒られてしまったのだ。言って悪いものではないと思っていたが、ダメだったらしい。総スカンを食らってしまった。今でも、あれの何が悪かったのか、よくわかっていない。

そんなふうに、私は昔から空気が読めない女なのだ。

彼氏と別れる前だってそうだろう。「仕事と俺とどちらが大事だ？」と質問されたら、嘘でもいいから「あなたのほうが大事」と言えばよかったのだ。あのときの問題は、仕事と彼氏のどちらが大事かということではない。きちんと彼氏を大事に思っているかの確認だったのだろう。心のどこかでわかっていたのに、私はキレて「うるさーい」と返してしまった。

空気が読めなくて、私生活でも仕事でも、いろいろ失敗してきた。もう二十六歳ともなれば、性格なんて直らないだろう。一度、友人とも距離を取ったほうがいいかもしれない。そう思って、今は仕事ばかりしている。ネイリストも接客中は空気を読むのが大事だが、素の私ではない。営業モードを最大に発動させ、なんとか頑張っている。

こんな私だが、麻衣はちょこちょこ「会ってお茶しよう」と声をかけてくれる。ありがたい存在だ。それなのに、距離を取ろうとしていたなんて、私は酷い女だろう。

「麻衣、あのさ、私、いつも余計なことを言うでしょう？　自分の価値観押しつけたり、一生懸命していることに対して意見したり。嫌にならない？」

「そんなことないよー。里菜はいつだって、本音しか言わない。その場だけの、軽い言葉は絶対言わないでしょう？　嘘をついたり、ずるいこともしたりしないし。だから、今回彼氏について、愚痴を零したんだよ。こんなこと、他の人には恥ずかしくて言えない」

「そ、そっか」

胸がじんわりと温かくなる。空気が読めない私でも、友人として必要としてくれる人がいるのだ。ありがたくて、目頭が熱くなってしまった。

「話の腰を折ってごめん。それで、彼氏がどうしたんだって？」

「お小遣い月四万って、少ないのかな？」

「は⁉」

お小遣い月四万って。既婚会社員の平均お小遣いの金額よりもあげているなんて。どこからそんなお金を捻出しているのか。インセンティブ制度があるとか？　いやいや、あの企業がそんな好待遇なわけがない。

聞き流せない話題なので、突っ込んで聞いてみる。

「あの、彼氏に毎月四万もあげているって、麻衣の会社はそんなに給料高いの？」

「ううん、手取りは二十万もないよ。貯金を崩しているんだけれど」

たしか、無職期間は三ヶ月と言っていた。あのチャラい元カリスマ美容師に、もう十二万も貢いだことになる。

こういうとき、「えー、そうなんだ。大変だねー！」と、本人と彼氏を批難せず、同情するのが正解だ。麻衣はどうすればいいのか、別に答えを求めているわけではない。単に、モヤモヤを吐き出したいだけなのだ。

かけるべき優しい言葉はわかっている。けれど、喉から出る前にゴクンと飲み込んでしまった。

そして、空気を読まない一言を発してしまう。

「麻衣、彼氏にそこまでする必要はないんじゃないの？　ただでさえ、生活費をすべて負担しているのに。彼氏だってさ、貯金くらいあると思うよ」

「私もそう思う。でも、彼の独立を邪魔したくないし。表参道に、お店を出して、芸能人の髪をカットするのが夢なんだって。それに、生活費も家賃も、お小遣いだって、貸している状態なの。一応、借用書もきちんと作っているし。再就職が決まったら、返すって言っているから、大丈夫なの！」

「あー……うん」

日本一のミュージシャンになるよりは、叶う確率が高い夢だろう。けれど、それでも現実味がなく、途方もない夢だと思ってしまう。

表参道に並ぶ店の家賃が、いくらか知っているのだろうか。カリスマ性を発揮したとしても、苦戦するのはたやすく想像できる。

突っ込みどころはそこだけではない。

飯島氏の貯金を使うことが、夢の達成を邪魔するという考えもどうなんだ。麻衣の貯金は麻衣のものだ。飯島氏の無謀な夢と直結させるのは、よくない。

飯島氏に対する不信感と怒りが喉元までこみ上げたが、言わないでおく。これは、外に出していい感情ではない。あまりにも、強すぎる。自分の中で、鎮めておかなければ。

「まー、いろいろ大変なんだけれど、仕事も忙しくて、休みもないし、どーでもいっかってなるんだよね」

麻衣はふっきれたような、晴れやかな表情で言う。不満を口にして、満足したのだろうか。

「だね。お互い辛いこともあるけれど、毎日頑張ろーって、そんなわけあるかーい!!」

ザワザワしていた店内に響き渡る声量で、突っ込んでしまった。人々の視線が、私にチクチク突き刺さる。

空気を読め、よからぬことを言うな。お節介の血よ、鎮まれ。繰り返し言い聞かせていたのに、突然叫んでしまった。

麻衣はドン引かずに、私を心配そうに覗き込んでくる。

「里菜、大丈夫？　お休みきちんと取っている？　疲れているんじゃない？」

「あの、いや、うん……」

その言葉を、そっくりそのまま麻衣に返したい。

「里菜ってさ、昔から、周囲に気を遣いすぎて、モヤモヤを溜め込んで、ある日一気に放出する癖があるよね」

「あるといえば、あるね」

周囲に気を遣っているのではなく、空気が読めずに突然キレているだけだろう。紛うかたなき、私の悪癖である。

「覚えている？　学生時代、里菜がクラス委員をしているとき、文化祭の出し物の話し合いで揉めに揉めて、最終的に里菜が鬼の形相で、あみだくじで決めまーすって怒りだして。あれ、面白かったなー」

「面白かったんだ」

「口調は明るいのに、顔が怖いんだもん。誰も逆らうことなく、無事に出し物も決まって。あのときの出し物、面白かったよねー」

たしか、お化け屋敷とカフェで揉めていたのだ。正直どちらでもいいと思い、お化け屋敷とカフェ、それからお化け屋敷カフェの三択にして、結局お化け屋敷カフェに決まった。

お化け屋敷派のほとんどは、お化けの扮装をしたいだけだった。だから、お化け屋敷カフェは結果的に大成功だったわけである。

「それから――、あれ、里菜、スマホ鳴っていない？」

「ん？　あ、本当だ」

テーブルに置いていたスマホに、一通のメールが入る。お客さんからの呼び出しだった。

「もしかして、今からお仕事？」

「あ、うん。ごめん」

「いいよ。また、ゆっくり話そっか。今度は、ネイルの予約を入れるから。ごめんね。最近、できなくて」

麻衣の爪先をちらりと盗み見る。ネイルをしていないときでも、セルフネイルをしたり、手入れをしていたりとピカピカだったが、今日はカサカサの爪だった。

麻衣の変化は爪だけではない。髪も艶がなく、肌は荒れ気味。服も袖がよれていた。精神状態は、見た目にも影響する。きっと、自分にかける時間とお金がないのだろう。

本人は飯島氏についての諸々を些細な問題として片付けたいようだが、確実に心と体を蝕《むしば》んでいる。

ネイルを頼めなくてごめんと謝る麻衣に、「ううん、大丈夫」としか言えなかった。

「麻衣、あの、何か困っていたら、手を貸すから」

「何？　急に真面目になって。困っていないよ、平気、平気。あ、でも、買い物に行けないのは、ちょっとストレスかな。このスプリングコートも、ブーツも、去年のだし。世知辛い世の中だわ」

世知辛いのではなく、服や靴を買う余裕がないのは無職の彼氏のせいだ。その点を指摘するほど、空気が読めないわけでもない。

外はすっかり暗くなっていた。行き交う人達も、帰宅中なのか心なしか足取りが軽いように見える。

「麻衣、じゃあ、また」

「うん。連絡するね」

そんな言葉を交わし、麻衣と別れる。何か言葉をかけようと思っていたが、何も思いつかない。傷つく彼女なんて見たくないのに、アドバイスの一つすら言えなかった。

これから、麻衣はどうなるのか。

心がモヤモヤする私を置き去りにして、麻衣の姿は夜の街中に見えなくなってしまった。


街灯に照らされた街を、仕事道具が入った大きなバニティケースを肩にかけて歩き出す。向かう先は、常連さんが待つお店だった。

お店といっても、ネイルサロンではない。お客さんのお店である。

私は勤め先や自分の店舗を持たない、フリーのネイリストなのだ。

電車を乗り継いでやってきたのは、道行く会社員と客引きの攻防が盛んな歓楽街。

バニティケースを胸に抱き、ズンズン進んでいく。

客引きは私が歓楽街に別の用事で来ていると把握しているので、誰一人として声をかけない。ありがたい話である。

向かった先は、キャバクラ『プレズィール』。裏口から入り、休憩室に入ると皆からママと呼ばれているオーナーが迎えてくれた。

ママの年頃は五十前後。髪をきれいに巻いていて、ゴージャスなドレスをまとっている。派手な美人だが、品があって明るい人だ。

以前にネイルサロンで働いていたときからの常連さんで、付き合いも四年と長い。フリーのネイリストになってからも、月に二、三回利用してくれる。

「わー、里菜ちゃん、ありがとう！　突然呼び出して、ごめんね」

「いえいえ。近くにいましたので」

「これなんだけれど、大丈夫？」

「はい。補強《リペア》できますよ」

オフホワイトのネイルに、花のエンボスアートが施された美しいネイルである。残念なことに、中指のネイルの端が欠けていた。

「昨日、このドレスが届いて、急に白系のネイルと合わせたくなったんだけれど、里菜ちゃんのところはサイトを覗いたら予約がいっぱいで。お店の子のオススメのネイルサロンに行ったんだけれど、さっき見たらいつの間にか爪が欠けていて」

「それは、災難でしたね」

「そうなのよー！　やってもらったばかりだったのに」

パソコンを打ったり、テープを貼ったり剝がしたりと、爪先をよく使う作業をしていると、どうしてもネイルは剝がれやすくなる。ママは裏方の仕事に徹することも多いので、私がネイルをするときは、先端のコーティングをしっかりするのだが。

「慣れていないお店はダメねー。里菜ちゃんのネイルだったら、割れることなんてないのに」

「ママの普段のお仕事と爪質を考慮しながら、ネイルしていますからね」

「助かるわー。今日も忙しいから、仕事にならなくって」

働き者のママの経歴は、ちょっぴり変わっている。元パティシエールで、働いていた店から独立する際、ただパティスリーを開くだけでは、都会では生き残れないことに気付いたらしい。スイーツを提供するキャバクラを開いたところ、甘い物好きなおじさんが心ゆくまでスイーツを堪能できるキャバクラが誕生したのだ。

フランス料理のシェフも雇っていて、料理もかなりおいしい。料理やスイーツを目的に、やってくるお客さんも多いという。

ちなみにママはもう、お菓子作りはしていないらしい。弟子に技術は託していると。ママ自身、製菓学校に通うために、キャバクラで働いていた。そのため、お菓子作りとキャバクラのノウハウが揃っていたために、生まれたお店なのだとか。

ここのスイーツは、とてつもなくおいしい。けれど、とんでもなくお高い。ケーキ一切れ三千円とか、そんな世界である。

ママは「ぼったくりよね」と言うが、夢の世界とおいしいスイーツを提供するサービス料がふんだんに含まれている。キラキラ美人なお姉さんと一緒に、楽しい話をしながらケーキを頬張るのだ。決して、ぼったくりではない。

「じゃあ、サクッと直しますね」

「お願いね」

まず、ネイルが欠けた部分の油分や汚れを取り除き、丁寧に磨いていく。専用のやすりを使って、ネイルと爪の段差を滑らかにする。爪をきれいに拭いたあと、ベースジェルを塗って硬化させ、カラージェルを二度塗りしてさらに硬化。トップジェルを塗ったら、きれいに元通り。

他の爪も、すぐに欠けないよう、トップジェルを塗っておいた。これで、しばらくは大丈夫だろう。

「はい、終わりです」

「わー、ありがとう。これで安心して、仕事ができるわ」

「もともと、ネイルをした爪は作業をするのに適したものではないので、完璧とは言えないのですが」

「いえいえ。里菜ちゃんのネイルは、いつも屈強よ」

屈強を売りにしているつもりはないのだが……。

「もちろん、可愛くてオシャレだし、丁寧で速いのも魅力かな。でも一番は、こうして来てくれることよねー。本当に忙しいときはネイルサロンに行く暇ないし。お店によっては客もネイリストも若い子ばかりで……」

私がネイルサロンに勤めていた頃、ママは他のお客さんが若い子ばかりで気後れするとため息をついていた。毎回バタバタと忙しそうにもしていたので、私がママのところに行けばいいのではと、出張ネイルを思いついたのだ。

私自身、ネイルサロン勤めが性に合っていなかったというのもある。お店で働くネイリストは皆ライバルで、指名客を奪われたとか、ネイルのデザインを真似されたとか、常にバチバチしていて心が安まる暇もない。お店の雰囲気は、正直に言ってよくなかった。せっかく、オシャレをするためにお客さんは来ているのに、これでは気まずい思いをさせてしまう。

そう思った私はネイルサロンを辞めて、フリーで働くことにした。

今でも、思い切ったものだと振り返る。以前勤めていたお店は人気店で、給料も結構高かったから。社会保険もきちんとあったし。

フリーになった今の収入は、正社員時代の三分の二に減った。けれど、後悔はしていない。

楽しくネイルをして、お客さんに喜んでもらえているから。

幸い、常連さんには恵まれていた。出張ネイルを始めたら、絶対にお願いすると応援してくれたのだ。

現在は、ネイルサロン時代のお客さんが支えてくれている。ママもその一人だ。

「あ、里菜ちゃん、今度ネイルを頼みたいって人がいるんだけれど、連絡先を教えてもいい？」

「はい！」

ママの知り合いは皆きちんとしていて、常連になってくれるから歓迎だ。

出張ネイルということで、お店、自宅、会社など、基本都内であればどこでも赴く。

まったく知らない人の家に行くのは怖いので、今のところ紹介以外の新規の依頼は受け付けていない。

「あ、そうだ。お店の新作スイーツでも食べていってちょうだい。お店の暇な子も一人付けるから」

「え、いいんですか？」

「もちろん。予約もなしに呼び出しちゃったから、お礼をさせて」

「ありがとうございます」

ケーキだけじゃなく、お店の子も付けてくれるなんて。キャバクラで働く女の子は、流行に敏感だ。話しているとネイルの新しいアイデアが浮かんだり、新作の反応を聞けたりするのでありがたい。

店内は黒を基調とした、シックな装いである。置かれた革張りのソファは、見ただけで高価だとわかる品だ。ほとんどの席は埋まっていて、今日も繁盛しているようだ。

お店のボックス席に座ると、ママがシャンパンを出してくれた。

「えっ、そんな……！」

「いいから、いいから。スイーツはもうちょっと待ってね」

「あ、はい」

お言葉に甘えてシャンパンに口を付けようとした瞬間、背後で聞き覚えがある声がした。

「表参道に店を出したら、みんな一回無料でカットしてあげるから」

「んん？」

表参道の店でカット――先ほど麻衣から聞いたばかりのワードを耳にしてしまい、思わず振り返る。

そこにいたのは、浅黒い肌に髪を金色に染めた、スーツ姿のチャラい男。麻衣の彼氏だった。

なんで、無職の飯島氏が、キャバクラに遊びにきているのか。月四万のお小遣いでは、満足に遊べないはずだ。

飯島氏が誰かの接待をしているようには見えない。一人で四名の女の子を侍らせ、楽しそうに酒を飲んでいる。

テーブルには、かの有名な高級シャンパンの瓶が置かれているようにも見えた。

「じゃあ、みんなが好きな黒をもう一本入れようかなー！」

きゃあと歓声が上がった。慌てて正面を向き、シャンパンを呷《あお》る。ピリッとしたショウガの効いた炭酸が、口の中でシュワシュワと主張した。

「あれ、これ、シャンパンじゃなくて、ジンジャーエール？」

「ええ、お手製なの。お味はいかが？」

「とっても、おいしいです」

シャンパングラスに入っていたので、すっかり騙されてしまった。

「それよりも彼、里菜ちゃんの知り合い？」

「えっと、顔見知りというか、なんというか」

私のはっきりしない言葉に反応を示したのは、ママの手伝いをしていた女の子だ。

「あの人、三ヶ月くらい前から、ちょくちょく来てくれるんだけれど、フリーの美容師なんですって」

「え⁉」

続けて、女の子は喋る。

「芸能人から政治家まで、髪のカットやセットをしているそうよ。うちで働いている子がヘアセットをしてもらって、それがきっかけでお店に通ってくれるようになったのだけれど」

どうやら、カリスマ美容師というのは本当らしい。胡散臭《うさんくさ》さしか感じてなかったが、一応、美容師としての腕は確かだったようだ。

仕事をしてしっかり収入があるのならば、麻衣の家に居候した上にお小遣いまでもらって、休職中だと嘘をついているのはよくないことだろう。なぜ、そんなことをしているのか。

もっと詳しく聞こうとしたが、ママに制止されてしまった。

「ちょっと、お喋りはそれくらいにして」

「はーい」

女の子は、お店の奥に引っ込んでいく。もうちょっと話を聞きたいところだったが、客ではないので引き留めるのは不可能だろう。

今度は飯島氏の会話に耳を傾けてみる。

「でも、飯島さん、表参道にお店出すって、本当？　借金するの？」

「借金なんてするわけないだろう？　俺は今も昔も、借金なんてないきれいな体だ」

その発言に、ギョッとする。現在、飯島氏は麻衣に生活費と家賃、お小遣いまで借りている状態だ。それを三ヶ月間続けているので、借金はあるだろう。返すというのは、嘘なのか。信じられない。

さらに、飯島氏は衝撃的な発言をする。

「でも、ここに通ってばかりでは、彼女さんも悲しむんじゃないですか？」

「いや、彼女はいないよ」

平然と、悪びれない声色で言いきった。信じがたい気持ちが怒りと化し、心の中をじわじわと占領していく。

「でも、さっきも電話がかかっていましたよね？」

「えー、何、何ー？　ヤキモチ焼いているの？」

「違いますよお」

「安心して。しつこく電話をかけてくるのは、お手伝いさんだから」

きっと麻衣からだ。麻衣を、お手伝いさん扱いするなんて。

カッと頭に血が上り思わず立ち上がってしまったが、振り返って文句を言うという行動にはでなかった。営業妨害になるからだ。

お店に迷惑はかけられない。私にできることは、怒りが爆発する前にここから去ることだけ。

新作スイーツを食べたかったけれど、この状況ではおいしく食べられないだろう。

「ママ、ごめんなさい。もう、帰ります。新作スイーツは、今度、食べに来ますので」

「いいのよ、気にしないで。こちらこそ、ガヤガヤしていてごめんなさいね」

「いいえ、ママは悪くないです」

一礼して、煌《きら》びやかな店内から引っ込み、休憩所に置いてあったバニティケースを抱きしめて外に出る。走って歓楽街を通り過ぎ、静かな通りに出てきた。

私は、どうすべきなのか？

麻衣に報告したら、ショックを受けるだろう。もしかしたら、言わないほうが幸せなのか。

でも、麻衣に嘘をついて遊んでいたことは、絶対に赦《ゆる》せない。さらに、飯島氏は麻衣を「お手伝いさん」と呼んでいた。麻衣を利用して勝手に家に転がり込むばかりではなく、お小遣いまで受け取っていたのに……！

きっと、表参道にお店を出すために、自らの稼ぎはきっちり貯金しているのだろう。それなのに、無職の振りをして麻衣にお小遣いをせびり、キャバクラ遊びをしているなんて、呆れたの一言である。

すでに怒りは爆発寸前だった。

見なかった振りなんて、とてもできない。迷ったけれど、麻衣に電話をかけて、先ほど見て聞いたことをそのまま伝えることにした。

麻衣は、すぐに電話に出てくれる。

『もしもし、里菜、どうしたの？』

「麻衣、落ち着いて聞いてね」

『えー、何？』

「さっき、キャバクラで、飯島さんを、見かけたの」

『やだー、見間違えだよ。キャバクラで遊べるほどのお小遣いは、あげてないって』

「でも、私、飯島さんが、表参道にお店を出すって話を、キャバクラで聞いて――」

『亜紀人君が、私以外の女に、夢を話すわけがないじゃない！　なんで、そんな嘘を言うの？　私達を、別れさせようと思ってそんなことを言っているの？』

「違う。麻衣が誰と付き合おうと、自由だと思っている。でも、飯島さんが麻衣に嘘をついているのが、許せなくって」

『亜紀人君は絶対に嘘はつかない！　絶対に、見間違いだから！』

「ううん、間違いなかった。彼は借金も、返す気がないみたいで」

「そんなわけないっ！」

電話はブツンと切れる。通話の終了を告げるプー、プー、プーという音が、妙に大きく聞こえた。

飯島氏のキャバクラ遊びの話を耳にして、麻衣も動揺したのだろう。ただ、証拠もないのに、信じろというのは難しい。せめて、録音でもしておけばよかった。悔いても遅い。

回れ右をして、帰ろうとしたが――見覚えがない景色にふと気付く。店から出て適当に走った結果、いつもと違う方向に来てしまったようだ。

街灯がポツポツあるだけの寂しい通りで、店は一つもない。スマホのアプリで道を調べつつ、駅のほうへと歩いていたら、ポツンと灯《とも》りが灯ったお店があった。

薄暗い中、営業しているお店を発見できたので、ホッと息をはく。

駆け寄ると、店の前にスタンド型の立て看板が見えた。

「フルーツパーラー『宝石果店《ほうせきかてん》』、か」

きれいな店名だったので、思わず声に出してしまった。

看板にはおいしそうなイチゴのパフェの絵が、パステル調で描かれている。お店は青い屋根に白壁という、可愛《かわい》らしい外観だ。大きな窓から、中を覗き込める。

店内には、温もりのあるマホガニーのテーブルや椅子が並べられていた。お一人様用のカウンター席もある。清潔感があって、内装も落ち着いていて、雰囲気がよさそうなお店に思えた。

時刻は二十一時。こんな時間だからか、お客さんはいない。看板の裏側には、営業時間について詳しく書かれていた。

火曜日と水曜日が定休日で、木曜日から土曜日までは十一時から十七時まで。日曜日と月曜日は、十七時から二十三時まで営業している。

なかなか変則的な営業時間のようだ。今日は月曜日なので、閉店までまだ時間がありそう。

先ほど、『プレズィール』の新作スイーツを食べ損ねてしまった。私のお腹《なか》はきっと、甘い物を求めているのだろう。

お客さんがいないのは気になるが、ちょっとここで休んでいくことにした。

扉を開くと、可愛らしいカランカランという、鐘の音が鳴った。

「……いらっしゃいませ」

聞こえてきたのは、低く落ち着いた、冷たい印象のある男性の声。

年は三十前後だろうか。黒髪をきっちり整髪料で撫で付けた、整った顔立ちの銀縁眼鏡の男性がカウンターの向こう側からひょっこりと顔を覗かせる。

クールでミステリアスなエリート会社員です、といった風貌だった。白いシャツと黒いズボンに、紺色のエプロンをかけているのに、カフェの従業員には見えない。

「お好きなところへどうぞ」

そう口にした彼の背後には、ブリザードが吹き荒れているような気がした。クールにもほどがある。

カウンター席に座ると、メニューが差し出された。続いて置かれた水には、レモンとミントが入っている。

終始、キビキビとした動きだった。彼の人生に、無駄など一切ないのだろう。

そんなことを考えつつ、メニューを開く。そこには、看板と同じくパステル調のスイーツのイラストが見本として描かれていた。

さすが、『フルーツパーラー』を名乗るだけある。パフェに、ケーキ、パンケーキ、サラダに、フレッシュジュースと、果物をメインとしたメニューが色鮮やかに紹介されている。

「わー、可愛い」

思わず、独り言を呟いた瞬間、まだ背後にクールな従業員さんがいたことに気づいて、恥ずかしくなった。

向こうはまったく気にしていないようだけれど。ついでに、話しかけてみる。

「あの、オススメとかありますか？」

質問した際、眼鏡がキラリと光った気がした。そして、手早く私が持つメニューのページをめくって指で差す。

「春は断然イチゴパフェです！」

従業員さんは食い気味で、断言する。先ほどの絶対零度な「いらっしゃいませ」とは真逆の、熱のこもった声色だった。

眼鏡の奥にある目も、若干ギラついているような。温度の差が激しすぎる。

「イチゴパフェ以外に、強いオススメは特にありません」

「そ、そうですか」

それほどオススメならばと、イチゴパフェをオーダーした。

「お飲み物はいかがなさいますか？」

「じゃあ、紅茶のホットを」

「かしこまりました。しばらくお待ちください」

どうやら一人で切り盛りしているらしい。カウンターの奥に見えるキッチンで、せっせとイチゴパフェを作り始めている。

冷蔵庫の中から、ツヤツヤに輝くイチゴが取り出された。

そういえば、春なのにまだイチゴを食べていなかった。忙しく過ごしている間に、季節は過ぎていくのだ。ゆっくり桜も見ていないが、もう葉桜の時季だろう。

フリーで働いていると、休日という節目がないので、延々と働き続けてしまう。

花見や夏祭り、お盆や年末年始の行事も、ついつい逃すことが多くなった。

思い返してみたら、私の心が休まっていないから、麻衣に強い言葉を使って忠告してしまったのかもしれない。悪いことをしてしまった。あとで、謝罪のメールを入れておこう。返信は、ないかもしれないけれど……。

「お待たせいたしました」

考え事をしている間に、イチゴパフェが完成したようだ。

「わっ、きれい」

背の高い透明のグラスには、アイスクリームやイチゴのムースに、ジュレなどが美しい層になっている。上部はカットしたイチゴで飾られ、頂点に置かれたイチゴはそのままの状態でどん！　と鎮座していた。鮮やかな赤は、ルビーの如く輝いている。

「まるで、女王のようなイチゴですね」

その言葉に、従業員さんの眼鏡が再びキラリと光ったように見えた。

熱のこもった声で、語り始める。

「その通り！　そのイチゴは『ロイヤルクイーン』という品種で、女王の名にふさわしい豊かな甘みがあるイチゴなのです」

眼鏡のブリッジをクイッと上げ、早口でまくしたてるように説明してくれる。

「あの、写真を撮ってもいいですか？」

食べる前に、写真を撮っていいか確認する。この見事なイチゴパフェは、ネイルのアイデアに繋がりそうだ。

「ええ、どうぞ、ご自由に」

その声色は、最初に聞いた「いらっしゃいませ」と同じ、どこか硬く、クールなものだった。先ほどの果物について説明するときの熱量はどこにいったのか？　と不思議になる。

一瞬にして熱が冷めた従業員さんは、キッチンのほうへと帰っていった。本当に、変わり身が早い。

従業員さんを気にしている場合ではなかった。

前後左右撮影し、ようやくいただく。まずは、『ロイヤルクイーン』と呼ばれている、やんごとなきイチゴから食べる。

まず、香りが素晴らしい。爽やかな甘い匂いを、めいっぱい吸い込んだ。見た目も、大変美しい。このように完璧な形のイチゴは、初めて見たかもしれない。

ルビーの如く鮮やかな赤い一粒を口に含んだ瞬間、濃い甘さが溢《あふ》れんばかりの果汁と共に口の中に広がる。

「――甘ッ」

思わず、口に出してしまった。それほど、甘いのだ。

独り言を恥ずかしく思っていたら、奥から戻ってきた従業員さんが反応してくれた。

「驚くほど甘いでしょう？　それは、特別中の特別なイチゴなんです」

「特別、というと？」

「このロイヤルクイーンという品種は、七年の歳月をかけ、苦労の末に生まれたものなのです。職人が原石を磨いて宝石を作るように、丁寧に、丁寧に作られた品種が、この、ロイヤルクイーンというわけです！」

言い切ったあと、眼鏡をクイッと上げていた。クセなのだろうか。漫画のキャラクターみたいである。

続いて、縦半分にカットされた細長いイチゴを食べてみた。

「そちらは、ダイアモンドベリーという品種です。長円錐形が、美しいでしょう？三月下旬までの生産なのですが、農家から少量だけ採れたと、届いたのです」

「大変貴重なイチゴなんですね」

「ええ。イチゴは先端が一番甘いので、へたのほうから食べてみてください」

言われた通り、へた側から食べてみる。こちらも甘みが強いが、酸味もほんのりと主張していた。ただ、驚いたことに、食べ進めるごとに甘くなる。

「あ、本当に、先端がもっとも甘いのですね」

従業員さんは満足げな表情で、コクコクと頷いていた。

飾られたイチゴの内側に盛られたソフトクリームはミルクの風味が濃厚。生クリームやコーンフレークのかさましはいっさいなく、グラスの中にもぎっしりイチゴが詰まっていた。

どんどん攻略を進める。バニラビーンズの風味が豊かなバニラアイスに、イチゴソースが絡んだ杏仁豆腐、イチゴの果汁がふんだんに使われたムースに、最後はイチゴのジュレで締め。

濃厚な味わいから、だんだんとサッパリした味わいに変わっていった。きっと、緻密に計算して作られた至高の一品なのだろう。本当に、おいしかった。

「いかがでしたか？」

「味に飽きることなく、最後まで楽しめました。とってもおいしかったです」

「それはよかったです。お代わりの紅茶は、ホットとアイスを選べますが」

「でしたら、ホットでお願いします」

「かしこまりました」

幸せな気持ちで満たされる。やはり、今の私にはスイーツが必要だったのだ。

ただ、心の中にあるモヤモヤが、すべて消えてなくなったわけではない。

最大の問題は、麻衣と飯島氏について。仕事用のアイデアノートを取り出して、情報を書きだして整理してみる。

まず、麻衣についてから。ブラック企業に勤めていて、かなりお疲れ気味。彼氏である飯島氏とは、三ヶ月前から同棲を始める。家賃、生活費の負担に加え、月四万円のお小遣いを飯島氏に渡す。ただそれはあげているわけではなく、貸しているだけ。借用書あり。

続いて、飯島氏について。無職であると麻衣には話し、家賃、生活費、お小遣いまでおんぶにだっこ状態。借金を返す気なんて、さらさらないように聞こえたが……。

はてさて。

実際に以前勤めていた美容室を退職していて、現在フリーで活動。政治家や芸能人相手にカットやヘアセットを行い、稼いでいるようだ。キャバクラ通いができるほど、余裕があると見える。

「うーん」

惚れた弱みなのか。麻衣は飯島氏を信じ、いまだ深く愛しているのだろう。どうしてこんなダメな男とばかり付き合うのだろうか。

「お待たせいたしました」

「きゃっ！」

従業員さんが、紅茶を置いてくれた。ぼんやりしていたのだろう。まったく気配に気付いておらず、驚いた拍子に近くに置いていた水を零してしまう。

「あ、うわっ……！」

私がオロオロしている間に、従業員さんは素早く水を拭き取る。ノートも水浸しになってしまった。これも、布巾で拭いてくれた。家に帰ったら、乾かす必要があるだろう。

「ノート、お返しします。水で文字が消えていないといいのですが」

「あ、大丈夫です。油性のペンで書いていますので」

以前、私は大失敗をしている。鞄の中でペットボトルの水を零してしまったことがあった。その際、水性ペンで書かれたアイデア帳の中身が何ページ分か消えたのだ。以降、濡れても消えないように、油性ペンで書き込むようにしている。今回も、大丈夫だろう。

「えーっと、収入があるのに無職と偽り、お小遣いをせびってキャバクラ遊び。あ、大丈夫です。きちんと読めます」

読んだ内容がまったく大丈夫ではなかった件は問題だが……。

「油性ペンなので、この通り」

大丈夫だと言ったのに、店員さんの表情は硬いまま。再び背後に、ブリザードが吹き荒れていそうな空気を感じ、ぶるりと震えてしまう。

いったいどうしたのかと思っていた折に気付く。別に、声に出して確認する必要はまったくなかったのだと。

「あ、あの、すみません。キャバクラ遊びの件《くだり》は、忘れて――」

「それは、詐欺罪が成立するのでは？」

「さ、詐欺罪、ですか？」

「ええ」

従業員さんは、眼鏡をクイッと直しながら話し始める。逆光で、眼鏡が光っていた。

「刑法第二百四十六条、詐欺罪。人を欺き、財物を交付させた者を、十年以下の懲役に処するものです」

先ほどのイチゴについて語るときの様子とはまったく異なる、険しい表情で話し始める。

「まず、重要なのは、相手を騙す気持ちがあったのか、なかったのか。生活費や家賃、小遣いを返す気持ちが本当にあり、いずれ返すつもりであれば、当然罪にはなりません。しかし、相手を騙し、金を一方的に奪い取るのであれば、それは罪となる」

ドクンと、胸が嫌な感じに鼓動する。これは、麻衣と飯島氏、二人だけの問題かと思っていたが、犯罪なのかもしれない。

「金を与えたほうが、『容認』状態にあるか否かも、問題になります」

「容認、というのは？」

「相手の非を許し、認めることです。容認状態で財物のやりとりをすると、相手にあげた状態になります。そうなれば、詐欺罪に該当しません」

なるほど。麻衣が飯島氏に家賃や生活費、お小遣いを与えることを受け入れ、「あげた」状態であったのならば、罪に問われないと。ならばきちんと、貸し借り状態であるという意思の確認が、鍵となるのだ。

麻衣は飯島氏に対して、借用書を作っている。あげたわけではない。この場合、「容認」にはならないだろう。麻衣が真面目な子で、本当によかった。

「あ、でも、二人は同棲していますが、なんていうか、内縁状態にはならないですよね？」

たしか、夫婦や内縁関係にある男女には、生活を支える義務があるとか、そんな民法があったような。

「民法第七百六十条、婚姻費用の分担、ですね。同棲しているだけでは、内縁関係にあるとは認められません」

「あの、同棲と内縁の違いって、何かあるのですか？」

「内縁関係というのは、入籍していないだけで、夫婦関係にある状態を言います。たとえば、親戚や友人に紹介していたり、世間から夫婦と認められていたりする状態が該当するかと」

「そうなのですね」

「ええ。そんなわけですので、同棲相手が無職でも、生活を支える義務は皆無なんです」

「なるほど」

麻衣と飯島氏は内縁関係ではない。その点は、安心してもいいだろう。

「もしも、財物を貸した相手が返さないと言った場合、裁判所を通じて回収手続きを取ることができます。まずは話し合いから、ですね。揉めそうな場合は、第三者を挟んだほうがいいでしょう」

「ええ」

麻衣と飯島氏の問題に、光が差し込んできた。犯罪となれば、麻衣も考えを改めるだろう。

それにしても、驚いた。フルーツパーラーの従業員さんの口から、法律についての助言がぽんぽん出るなんて。

「法律にお詳しいのですね」

「ええ。以前、法律関係の仕事に、かかわっていたことがあったので」

法律関係の仕事とはいったい……？

これ以上、質問するのは許さないという、圧のようなものを感じた。そこには触れず、お礼を言った。

「ありがとうございます。勉強になりました」

「いえいえ。聞かなかった振りは、できなくて」

「私もなんです。自分のことではないのに、放っておけなくて」

もう一度、感謝の気持ちを伝えた。

従業員さんから話を聞かなかったら、麻衣と飯島氏の問題についてこのままスルーしていただろう。

「友人の彼氏の行為が犯罪だなんて、思いもしませんでしたし」

これは二人の問題だと諦めていた。しかし犯罪かもしれないとわかった今、見逃せる問題ではなくなる。

「本当に、何か、お礼をしたいくらいで」

「でしたら、またいらしてください。五月になったら、サクランボのフェアを行いますので」

「サクランボ！」

イチゴに引き続き、心惹かれるフルーツだ。絶対に来ると、再訪を約束する。

問題解決の糸口を掴《つか》んだからか、清々しい気持ちで満たされていた。

お店を出たあと、従業員さんに一礼し、夜の街を歩く。

私の憂鬱は、きれいサッパリ吹き飛ばされていた。


帰宅後、私はハッと気付く。麻衣は飯島氏を愛しているので、犯罪かもしれないと言っても聞かない可能性があった。きちんと証拠を集めて、麻衣に現実を見てもらわなければならない。

でも、キャバクラ『プレズィール』に連れて行って、飯島氏の豪遊の現場を見せたら、たちまちお店は修羅場となってしまうだろう。ママのお店には、迷惑をかけられない。

まずは音声だけ聞かせて、大丈夫そうだったら動画を見せたほうがいいのかもしれない。とにかく、大きなダメージを受けないよう、配慮が必要だろう。

ため息を一つ零したのと同時に、スマホが鳴る。『プレズィール』のママからメールが入っていた。どうやら、ママにも心配をかけてしまったようだ。

謝罪をしようと電話をかけたら、すぐにママは出てくれた。

『もしもし？　里菜ちゃん？』

「あ、ママ……さっきは突然帰ったりして、すみませんでした」

『ぜんぜんいいの。大丈夫だった？　きちんと、家に帰れた？』

「はい。今、家です」

ママは私を実の娘のように、心配してくれる。フリーになったあとも、随分と励ましてくれた。ママの優しさに、胸がじんわりと温かくなる。

『無理したらダメよ？　フリーのお仕事は決まったお休みがないから、体を酷使して突然倒れる人もいるみたいだし』

「大丈夫です。週に一度は、休みを取るようにしているので」

『だったらいいけれど』

ママにお礼を言い、別の話題へと移る。

「あの、さっきお店にいた、美容師について話を聞きたいのですが」

『知り合い、だったかしら？』

「はい。友達の彼氏でして。もしかしたら、事件に発展する可能性があるので、話を聞きたいなと。お客さんのプライバシーにかかわることなので、難しいでしょうか？」

『そうね。普通だったらお断りしているけれど、事件に発展するのはマズいわね。警察には、通報しているの？』

「いえ、まだいろいろ確認を取らないと、いけない段階なんです」

『そう。わかったわ。必要以上に口外しないのを約束してくれるなら、話すから』

「ありがとうございます」

その場にママがいるわけではないのに、ペコペコ頭を下げてしまった。

「彼は三ヶ月前から通っていると、言っていましたね」

『ええ。あの人、お金払いはいいのだけれど、お店の女の子にちょっかいかけて、困っているの』

麻衣という女性がいながら、他の女性にも手を出そうとしていると。聞けば聞くほど、最低最悪な男である。

「お店に同伴してくれるのはありがたいのだけれど、一回家に連れ込まれそうになったっていう話もあって」

　家というのは、当然麻衣のマンションだ。彼女がせっせと働いている昼間に、招こうとしたのだろう。

『やんわり注意したら、止《や》めてくれたの。だから、大きな問題にはしていなかったんだけれどね』

　飯島氏の問題は、麻衣についてだけではなかった。『プレズィール』でも、騒ぎを起こしていたなんて。

『また来週も来るみたいなんだけれど、同伴はお断りさせてもらったわ』

「来週……！」

　キャバクラで豪遊している証拠を集めるいい機会かもしれない。ママに、飯島氏と同じ日に予約を入れてくれないかと頼み込む。それと、店内の撮影と録音の許可も。

『うーん、そうね。他のお客様がいなかったら別に構わないんだけれど、いる場合はお客様のプライベートな空間でもあるから、難しいわね』

「で、ですよね」

『でも、従業員が困っているのも気になるし……』

　なんとかできないものか。ワガママを言っているのは、重々承知の上だ。

お客さんを大事にしたいママの気持ちもわかるので、あまり強くは言えないけれど……。

『わかったわ。飯島さんが来る時間帯は、他に予約が入っていないから、貸し切りということにしておくわ』

「だ、大丈夫なんですか？」

『ええ。早い時間だから、そこまでお客さんは多くないと思うし』

「ありがとうございます。なんか、甘えてしまって、すみません」

『いいのよ。困っているときは、お互い様だから』

「本当に、ありがとうございました！　なるべく、お酒やスイーツを注文しますので」

『あら、気にしなくてもいいのに』

「でも、この前ママのスイーツを食べそびれたので。自分にご褒美です」

『ふふ、ありがとう。里菜ちゃんみたいに言ってくれる人、増えているのよね。嬉しい悲鳴だわ』

最近、スイーツがおいしいキャバクラとして話題になり、女性客の来店も目立ってきているという。キャバクラ嬢を指名して愚痴を聞いてもらったり、ファッションについて相談したりと、女子会のような盛り上がりを見せているらしい。

「楽しいですよね」

『だったら、里菜ちゃん、お店で働いてみる？　似合いそうなドレスがあるんだけれど。どう？』

「いや、顔は友達の彼氏にバレているし、空気も読めないので、やめておきます」

『残念。里菜ちゃん、背が高くて、マーメイドラインのドレスが似合いそうなのに』

「ネイリストを廃業したら、考えてみます」

『あら、ダメよ。里菜ちゃんはネイリストじゃなきゃ』

「そうですよね」

そんなわけで、飯島氏が来る日に『プレズィール』のボックス席の予約を入れておいた。これで、麻衣を説得する証拠は集まる。それと一緒に、フルーツパーラーの従業員さんから聞いた詐欺罪について、教えてあげよう。

きっと、目を覚ましてくれるだろう。

◇◇◇

通勤ラッシュが落ち着いた十時過ぎ。私は電車を乗り継いで、スーツを着た会社員が行き交うオフィス街にたどり着く。今日の予約は四件。仕事が終わったら、ネイル用品の買い出しに行く予定だ。

なんとか三件こなし、四件目に向かおうとしたところで、時間をズラしてくれと連絡があった。仕方がないので、喫茶店かどこかで時間潰しをしよう。

約束まで三時間ほどあるので、新作ネイルについてネタを煮詰めるか。

駅のコインロッカーに仕事道具が入ったバニティケースを預け、周辺を散策する。

この辺りは若者の街、という感じだ。大学生や下校途中の高校生が多くぶらついている。

ふと、目に付いたのは道路を挟んだ先にある、ズラリと人が並んだ行列だ。新しくオープンしたお店だろうか。女の子達がわんさか集まっている。

お店はストロベリーレッドの煉瓦で造られており、看板には『ベリー専門店ベリーベリー・スペシャル』と書かれてある。

なるほど、ベリー専門のお店か。新しい。今は春でイチゴが豊富にあるけれど、それ以外のシーズンはどうするのか、気になるところだ。

ふと、視界の端に私と同じように、行列を眺める男性がいた。スーツ姿で、きっちり整髪剤で整えられた髪に、銀縁眼鏡をかけたエリート会社員のような雰囲気の男性。

行列に並ぶ女性達が、ヒソヒソしながら男性を見ているような気がする。それもそうだろう。男性が一人で、女性達が並ぶ行列に鋭い目を向けていたら何事かと思ってしまう。

「……ん？」

昨日、出会ったフルーツパーラーの従業員さんに似ている気がした。あまり、他人をジロジロ見るのは失礼なので、確認はできないけれど。

そっと脇を通り過ぎるのと同時に、男性が私のほうを向いた。奇しくも、目が合ってしまう。

「あなたは、昨日のお客様？」

「あ、あー…どうも」

声をかけられてびっくりした。やっぱり昨日行ったフルーツパーラー『宝石果店』の従業員さんだったから。なんという偶然なのか。

「今日は、お仕事ですか？」

まったく興味がありませんと言わんばかりの、絶対零度の声色で質問してくる。

「ええ、まあ」

「そうでしたか」

ではこれでと、別れる雰囲気ではない。私のほうも、手短に質問してみた。

「こちらで、何を？」

「あのお店は、世界で初めてのベリー専門店で、勉強をしたいと思ったのですが、あの列で、どうしようかと悩んでいたところです」

「ああ、行列ですか。たしかに、すごいですね」

「ええ、想定外でした」

彼によると、オープンして二ヶ月ほど経っているが、行列が途切れることはないらしい。駅から徒歩三分というアクセスのよさも、大繁盛に繋がっているのだろう。

「ここは、イチゴだけでなく、世界各国のベリーを輸入する会社と取り引きし、独自のメニューを提供しているようで。ベリー好きが開いた、ベリー好きのためのお店なんです」

先ほどのクールな様子から一変。熱い様子で話し始める。

話が終わったら、再びブリザードが吹いているような空気をまとう。この変わりようは、何度見てもびっくりしてしまう。

なるべく平静を装いながら、言葉を返した。

「へえ、イチゴだけじゃないんですね」

「はい。別の仕事が忙しくて、なかなか行けなかったのですが」

「はあ」

従業員さんは、別の仕事もしているらしい。手には、黒いアタッシュケースを持っているけれど銀行の営業か。それとも、法律に詳しかったので、弁護士か、それにかかわる仕事に就いているのか。謎が深まる。

そんなことはさておいて。時間がもったいないので、突っ込んでみた。

「並ぶのであれば、早いほうがいいのでは？」

「ええ、私もそう思うのですが、あの女性しかいない列に、男が一人で並ぶのは大変勇気がいる行為でして。列がはけるのを待とうか、別の日にするか、悩んでいるところでした」

男性が大勢並ぶラーメン店に、女性一人では並びづらいのと同じ状況だろう。列に並んでいる間はなんとか耐えても、店内も男性だらけなので大変気まずい。

ただ、列をよくよく見てみると、女性ばかりではなかった。ちらほらと、男性がいる。彼女に連れて来られたようだが、想定外の行列だったのだろう。若干ふてくされた顔をしている人も多い。

「そうだ。あの、私がお付き合いしましょうか？　今から、次の仕事まで時間潰しをしようと思っていたので」

「いいの、ですか⁉」

再び、声色に熱がこもる。周囲に漂っていたブリザードのような空気はなくなり、南国の島国が背景に見えたような気がした。完全に、気のせいだけれども。

本当に、果物が好きなのだろう。クールな雰囲気が、一気に和らいだ。

「どうやら、一時間待ちくらいです」

「三時間くらい余裕があるので、大丈夫ですよ」

「ありがとうございます。本当に、助かります」

昨日、麻衣と飯島氏の問題についていろいろ教えてくれたのだ。これくらい、なんてことない。

列に並んだあと、名刺が差し出される。

「今更ですが、私は守屋《もりや》、と申します」

「これはご丁寧に、どうも」

従業員さんの名前は、守屋仁《じん》というらしい。フルーツパーラー『宝石果店』のロゴの下に、『フルーツライター』という肩書きが書かれている。

「フルーツライター、ですか？」

「はい。雑誌や書籍、新聞などで果物についての記事を書いています。たまに農業大学で講師を務めることもあります。フルーツパーラーの店主より、ライター業が本職ですね」

「へー、これはまた、珍しいご職業で」

ライターの仕事をしているので、フルーツパーラー『宝石果店』の営業時間は変則的なのだろう。

「でも、なんていうか、珍しいので、テレビ取材や、インタビューなんかの依頼がくるんじゃないですか？」

「そうなんです。フルーツ王子とか勝手に呼んで、テレビ出演してほしいと。三十過ぎの男が王子とか恥ずかしいし、一応雑誌ではフルーツ妖精の名前で活動しているので、イメージを壊したくないなと」

「フルーツ妖精！」

とんでもないパワーワードが聞こえた。どこからどう見ても、守屋さんはフルーツの妖精には見えないが。

ブリザード系眼鏡妖精とかだったら、まだいける気がするけれど……。

「果物に興味を持つのは女性が大半なので、親しみやすい名前をと、最初に仕事をした出版社の担当が付けてくれたんです。それをズルズルと引きずり、今に至ります」

さすがに大学の教壇に立つときは、本名で臨むらしい。フルーツ妖精がくると聞いて、エリート会社員みたいな固そうな男性がやってきたら、戸惑う気持ちが膨らんでしまうだろう。

フルーツ好きが仕事に繋がり、ついにはフルーツ専門の喫茶店を作ったようだ。今は、毎日幸せなのだと、守屋さんは嬉しそうに話している。

「なぜ、フルーツを専門的に学ぼうと思ったのですか？」

「実家が果物の小売店をしておりまして、その影響……でしょうか？」

跡取りでないため、果物関係の仕事をしようとは考えていなかったようだ。ちなみに三人兄弟で、会社は一番上のお兄さんが継いでいるという。

「一時期は法律関係の仕事をしていた時期もあったのですが、やはり、私の人生に果物は切っても切り離せないものだと気付いたのです」

法律関係の仕事は、中学時代の学校の先生の勧めで目指すこととなったらしい。昨日に引き続き、法律関係の仕事ってなんだよと、気になる気持ちはあった。しかし、彼のブリザードの眼差しを思い出し、口を閉じる。それに、親しくない相手に根掘り葉掘り話を聞くのは、失礼に値するだろう。

散々話したあとで、ふと気付く。まだ、名前を名乗っていないことに。

「あ、すみません。私、こういう者です。佐久間里菜と申します」

「出張ネイリスト……ああ、だからあのような大荷物だったのですね。てっきり、ヘアメイクの方かと」

「たしかに、バニティケースはメイクさんが持っているイメージですね」

ちょうど順番がきて、中へと案内される。意外と早く入れた。

店内は床も壁も天井も、テーブルや椅子すら白で統一されていた。いったいなぜと思ったが、隣のテーブルに置かれたイチゴパフェを見て気付く。白い部屋の中で、ベリーの赤が大変美しく映えるのだ。守屋さんも気付いたようで、「こういう見せ方もあるのか！」と、深く感心しているようだった。

店員さんも、白シャツにズボン、エプロンをかけていた。笑顔で、メニュー表を差し出してくれる。テーブルに置かれたのは、ベリーが浮かんだベリー水。守屋さんは全力で食いつく。

「ベリーをこのようにして、水に浮かべて提供するなんて！」

初めて見る、赤いベリーだった。

「これはレッドカラント。日本ではスグリ、という名前のほうがメジャーでしょうか」

「スグリでしたら、聞いたことがあります」

ただし、実際に見るのは初めてだ。

「酸味が強く、海外では肉料理のソースとして使われることが多いんです。生食はあまりしないですね」

「へー」

飲んでみたら、ほんのりとベリーの酸味を感じる。爽やかな気分になった。

と、ベリー水に気を取られている場合ではない。何を注文するのか決めなければならないだろう。メニューを開いてみると、本当にベリー尽くしだった。

ベリータルトに、ベリーアイス、ベリーパイに、ベリースコーン、ベリークッキー、ベリーケーキなどなど。

選びきれない。守屋さんは眉間に深い皺《しわ》を寄せ、深刻な様子で考え込んでいた。

「あの、守屋さん。何種類か頼んで、シェアしますか？」

「いいのですか⁉」

食い気味で言うので、若干仰《の》け反《ぞ》ってしまった。

「結構小腹が空《す》いているので、私一人で三種類くらいだったら、余裕で食べられますよ」

「心から感謝します……！」

そんなわけで、六種類のベリー系スイーツとそれぞれのドリンクがテーブルに並ぶこととなった。

店員さんに、守屋さんは挙手して質問する。

「こちらの品々を、撮影しても構わないですか？」

「はい、問題ございません」

守屋さんはアタッシュケースの中から、本格的なカメラを取りだし、撮影を始める。

パリッとしたスーツを着た男性が、カメラを構えてスイーツの写真を撮りまくる。

正直、異様な光景だ。何かの調査に来た人にも見える。もっと、カメラマンっぽい動きやすい恰好だったら、違和感はなかっただろうが。

周囲の女子達は、ぎょっとした目で守屋さんを見つめていた。食べ物を撮影してSNSに載せることが流行《はや》っているとはいえ、店内で一眼レフを巧みに操り、スイーツを撮影する人なんてあまりいないだろう。

守屋さんは視線をまったく気にせずに、写真を熱心に撮り続けている。自分の好きなことに対して、一途なのだろう。正直、羨ましい。

「すみません、お待たせして」

「いえ、どうか、お気になさらず」

「では、食べましょうか」

まず、最初に分けて食べることになったのは、ラズベリーのパフェみたいなもの。ソースと白い生クリームが層になり、上からオートミールが振りかけられ、ラズベリーとミントの葉が可愛らしく飾られている。一緒にクラッカーが添えられているが、いったいなんなのだろうか？

「こちらは、クラナカンといい、スコットランドの伝統菓子なんです」

「へー、海外のお菓子なんですね」

見た目では判断できないが、日本のパフェではないようだ。

「こちらのクラッカーは？」

「マスカルポーネを載せて食べると、また違った味わいになるかと」

「ああ、なるほど」

白いのは生クリームではなく、マスカルポーネらしい。守屋さんが、きれいに皿に取り分けてくれる。さすが、喫茶店を営んでいるだけある。パフェのシェアという無理難題を、スマートにこなしてくれた。私がやったら、ぜったいにぐちゃぐちゃになる自信がある。

「ありがとうございます。では、いただきます」

まずは、一口。

「あっ、おいしい！」

ラズベリーの甘酸っぱさとマスカルポーネの濃厚な風味が、爽やかに仕上がっている。オートミールのザクザク感が、いいアクセントになっていた。ほんのりと、蜂蜜の味わいも感じる。

「本場のクラナカンは、えげつないほどウイスキーが効いているんです。ここは、若い女性をターゲットにしているので、酒は使っていないようですが」

「あー、たしかに、お酒に合いそう！」

クラッカーの上にクラナカンを載せ、頬張った。

「うわっ、おいしい。クラッカーの塩気と、クラナカンの甘酸っぱさが、意外と合いますね」

「ええ、本当に」

飲み物は、生イチゴミルク。ヨーグルトとミルク、生のイチゴで作られたフレッシュなジュースは、今のシーズンしか味わえないだろう。

「うーん、おいしい」

古き良きイチゴミルクではなく、流行の最先端を進む洗練された味わいがあった。

「なんでしょう、この、イチゴミルクの中にある、オシャレな風味は？」

「生クリームとレモンでしょうか？」

「そこまでわかるんですね！　すごいです！」

尊敬の眼差しを向けると、守屋さんは眼鏡のブリッジをクイッと指先で上げる。

さすが、フルーツライターだ。先ほどから、猛烈にメモを取りながら食べている。

私も一応、スマホで写真を撮っているが、ネイルのデザインを考えるのは帰宅後だ。

続いて、イチゴの春巻きを食べてみる。

驚くなかれ。薄い春巻きの生地の中に、スライスしたイチゴと生クリームが入っていて、別添えのベリーソースをかけて食べるのだ。

まず、真っ赤なベリーソースを垂らす。あまり、かけすぎないほうがいいだろう。

上品に、ナイフとフォークを使って食べる。

「あ、おいしい！」

クレープみたいなものかなと思ったけれど、微妙に異なる。薄い生地はもっちりしていて、生クリームの甘みとイチゴの酸味を絶妙に包み込んでいた。

あとからかけたベリーソースも、おいしさを引き立てるのに一役買っている。

守屋さんは目を見張り、感想を述べる。

「これは、すばらしいですね。イチゴと生クリーム、ベリーソースの割合が完璧です」

春巻きと聞いて、ネタ系の料理だと思っていた。想像以上のおいしさに、どんどん食べ進めてしまう。それは、守屋さんも同じみたいだった。

「実は、フルーツを使ったデザートに生クリームを使うのは嫌いだったんです」

「それは、どうしてですか？」

「フルーツはただでさえ甘くておいしいのに、さらに甘いクリームを載せるなんて、フルーツへの冒涜《ぼうとく》です！」

熱く、熱く、語り始める。果物のことになると、トコトン熱血になるようだ。

「生クリームは、ただのかさ増しです。必要はないかと」

そういえば、昨日食べたイチゴパフェは、生クリームがまったく使われていなかった。守屋さんのこだわりだったのだろう。

「生クリームのせいで、フルーツの匂いや味がぼやける。ずっと、そう思っていたんです。しかし、この春巻きは違いました。酸味の強いイチゴが、風味を損なうことなく生かされている。すばらしい一品です」

すばらしいのは守屋さんもだろう。

私は単に「おいしい」で終わらせるものを、守屋さんは冷静に分析し言葉にしていた。私ももっと、感性を働かせて、この場で新しいネイルのデザインが閃《ひらめ》くくらい神経を尖らせておかなければならない。

じっと眺めてみたが、周囲のワイワイガヤガヤのほうが気になって、まったく思いつかなかった。

店は依然として混雑していたので、サクサクと食べて別のカフェに移動した。

温かい紅茶を飲んで、ひと息つく。

「佐久間さん、お付き合いいただきまして、本当にありがとうございました」

「いえいえ。おいしかったです」

一度で、あれだけたくさんのスイーツを食べられる機会など、めったにないだろう。

「女の子って基本、小食じゃないですか。スイーツをシェアするといっても、互いに一品頼んで、ちょびっと交換するのがお決まりで。私なんか、ラーメンは替え玉もイケますし、普段からごはんもお代わりするほど大食いで……」

私がいかに食べるのか、話し終わったあとで我に返る。なぜ、知り合ったばかりの男性に、食いしん坊だと表明しているのか。

「えっと、その、今日はたくさんスイーツが食べられて幸せでしたし、興味深い話が聞けて、得をしたなと」

「でしたら、よかったです」

　そう言って、守屋さんは眼鏡のブリッジを指先でサッと上げた。

「今回、佐久間さんがいて、心強かったです。いつも、一人で挑んで、周囲の女性に不審な目で見られてしまい」

「あ、一応気にしているのですね」

「気にしていないように見えましたか？」

「見えました」

「たまに店員にも不審な目で見られるときがあるので、そのときはパソコンを取り出して、仕事をしている振りとかしています」

「大変なんですね」

「スイーツが流行るような店に、男の一人客はあまりいませんからね。肩身が狭いです」

　果敢に飛び込む守屋さんでも、行けない店があると言う。

「銀座にある、『プレズィール』というお店なのですが」

『プレズィール』、意味は〝楽しみ〟。よく、パティスリーの店名などで使われているフランス語だ。銀座には、一軒しかない。

「あそこのスイーツ、最近注目が集まっているんですよね」

「佐久間さんもご存じでしたか。一度、食してみたいと思っているのですが――」

「キャバクラですから、気軽に行ける場所ではないですよね」

「そうなんですよ」

守屋さんは頭を抱え、はーとため息をつく。

「指名なしで、スイーツだけとか、迷惑な客でしかないです」

「あ、そういう人も、いるみたいですよ」

「詳しいですね」

「知り合いのお店なんです。奇しくも一週間後に、予約を入れているのですが、よろしかったら、一緒に行きますか？」

問いかけた瞬間、守屋さんの眼鏡がキラリと光り輝く。

「行きます」

気持ちいいくらいの即答だった。

若干の心細さを覚えていたが、守屋さんと一緒ならば心強い。

「実は、先日お話しした、友達の彼氏のキャバクラ遊びの証拠を集めようと思っていまして。あ、これって、撮影や録音は罪になるのでしょうか？」

「参考程度に説明させていただきますが――」

姿勢を正し、守屋さんの話を聞く。

「まず、撮影された動画や写真を、裁判や調停の場で証拠として提出するのは問題ありません。刑事罰を受けるのは、着替えや下着の隠し撮りなどの、盗撮にあたるものですね。それ以外では、他人の敷地内に侵入して、撮影を行ったら当然、罪に問われます」

「なるほど」

ということは、飯島氏の豪遊を撮影・録音しても問題ないと。

「ただ、撮影や録音したものを悪用した場合は、別の罪に問われるかもしれないので、扱いにはご注意を。不安だったら、探偵に相談するのが一番かと。トラブルに、素人が首を突っ込まないほうがいいと思います」

「そう……ですね」

「証拠を取って、どうするつもりなんですか？」

「友人に話をして、別れを決意してもらいたいと、考えていました」

「詐欺をするような男が、応じると思いますか？」

守屋さんの目が、声色が、冷たい。ブリザードが吹き荒れているようだ。ガタガタブルブルと、震えてしまう。それだけ、調査が危険だからだろう。

守屋さんの言う通り、素人が首を突っ込む問題ではないのかもしれない。私がしようとしているのは、単なるおせっかいだろう。

こういうことは、やはりプロに任せておいたほうがいいのか。

「まあ、探偵に頼むとなれば、費用的な問題もでてくるでしょう。店の協力のもと、本人とかかわらずに、撮影や録音をする程度ならば、まあ、ギリギリ大丈夫かと。当日は、私もいますし」

表情がわずかに和らいだので、ホッとする。それでも、十分クールであったが。

「すみません、ご迷惑をおかけします」

どうぞよろしくお願いいたしますと、深々と頭を下げた。

守屋さんと連絡先を交換して、別れる。なんだか情報量の多い時間を過ごしてしまった。

◇◇◇

一週間後――守屋さんと一緒に、『プレズィール』に行く日を迎えた。

撮影用にレンタルしたカメラを、飯島氏が予約していた席がバッチリ写る位置に置かせてもらう。もちろん、飯島氏の座る角度からカメラは見えないように細工した。

ＩＣレコーダーは、ソファのクッションの下に仕込んだ。最初は飯島氏から指名を受けたキャバクラ嬢、真莉愛《まりあ》さんの服の中に隠す話が出た。けれど、なんだか悪いので遠慮させてもらった。クッションの下でも、問題ないだろう。

お店に迷惑をかけて申し訳なかったが、ママは意外と乗り気だった。

「なんだか、ドキドキするわー。ドラマの世界みたい」

私からしたら、パティシエールから転身し、キャバクラを開店させたママの人生のほうがドラマのようだと思うが……。

「でも、まさか里菜ちゃんが彼氏を連れてくるなんて。真面目そうで、いい人じゃない」

「彼氏じゃないですよ」

守屋さんについては、楽しそうな空気を壊すのも悪いと思いつつ、やんわり否定しておく。

ちなみに守屋さんは、店に着いた途端、お店の女の子達に大いにモテていた。指名していないのに、あそこまで女の子を集めるとは。

なんでも、キャバクラに来ないタイプらしい。守屋さんはこれ幸いと、女の子達から果物のスイーツ情報を集めている。

熱心な様子で聞いているのかと思えば、ブリザードが吹き荒れている。今日は、ヒートアップしていないらしい。お店の女の子の話を、クールな様子でメモを取っている。

まあ何はともあれ、盛り上がっているので、双方に優しい世界となっていた。

そろそろ、飯島氏がやってくる時間だろう。私と守屋さんは、予約していたボックス席に座った。

「里菜ちゃん、今日は本物のシャンパンを出してあげるわね」

「どうも、ありがとうございます」

ママが私と守屋さんにシャンパングラスを差し出した瞬間、飯島氏がやってきた。

「ったくよー、真莉愛チャン、今日はなんで同伴できなかったんだよー」

「ごめんね。真莉愛、法事《ほうじ》で超忙しくて」

「掃除《そうじ》なんか、サボればよかったのに」

「うち檀家《だんか》で。お坊さんがくるから、法事は大事なの」

「ダンケ？　棒で掃除？　ギャル語はよくわからん」

まったく会話が通じていなかった。面白すぎて、噴き出しそうになる。シャンパンを飲んでいなくて、本当によかった。

ちらりと横目で守屋さんを見る。特に、笑っていなかった。

そういえば、今まで一度も笑顔を見たことがない。果物について語るときも、基本は無表情である。

ここまで徹底していたら、笑わせたくなってきた。どうやったら笑ってくれるのか。

高級果物の詰め合わせを献上したら、笑顔になるかもしれないけれど。できたら、お金がかからない方法で笑顔にしたい。

「お、今日の席はここか」

飯島氏の声を聞き、ハッと我に返る。守屋さんについて考えている場合ではなかった。

真莉愛さんはＩＣレコーダーが置かれたクッションの前に座り、起動スイッチをこっそり押してくれた。動画と録音、双方からの証拠集めが開始される。

真莉愛さんにこちらの事情は詳しく話していないが、いくつか証拠になりそうな質問をしてくれるらしい。

真莉愛さんは相当飯島氏に対して怒っているようで、「ぎゃふん！」と言わせたいのだとか。

緊迫した中で、ママがスイーツを持ってきてくれる。

「お待たせいたしましたー！　清見《きよみ》オレンジのスイーツ三点盛りでーす」

「き、清見オレンジの、スイーツ⁉」

守屋さんが眼鏡の縁をわずかに上げ、目を凝らしながらママの持ってきたスイーツに食いつく。

ちなみに、店内は写真撮影禁止。あとで、スイーツの写真はもらえることになっている。

「守屋さん、清見オレンジって、このみかんのことですか？」

「ええ。温州《うんしゅう》みかんとオレンジを掛け合わせた、冬の終わりから春にかけて旬となる品種なんです！　みかんとオレンジ、双方の良さが合わさって生まれたハイブリッドフルーツで――」

先ほどのクールな様子とは違い、私には熱がこもった声で語ってくれる。

もしかしたら、情報量によって、熱が入るか冷え切るか、変わるのかもしれない。

守屋さんは早口でまくし立てるように説明してくれた。さすが、フルーツライター。詳しすぎる。

お皿には、小さなガラスの器に装《よそ》ったゼリーと、ジェラート、タルトが載っていた。桜の塩漬けも添えられていて、春のスイーツ感が満載である。

ちらりと守屋さんを横目で見たら、スイーツを前にして拝んでいた。いや、ただのいただきますだと思うけれど、手と手を合わせている時間が長すぎる。

私も、ママのスイーツを拝んでみた。すると、一皿五千円のスイーツ盛り合わせが、尊く思えてくる。

真面目に拝んでいたのに、ママが突然爆笑しはじめた。

「や、やめて、二人して、笑わせないで」

お腹を抱え、肩をぶるぶると震わせている。それほど、面白かったのか。ウケは狙っていなかったのだが。

「ママ、私達は真剣に拝んでいました」

「いいから、さっさと食べてちょうだい」

ジェラートが溶けないうちに、いただこう。これも、パフェのように濃厚な味わいのものから食べるのが正解なのか。守屋さんは、タルトから食べている。攻略方法を把握した。

タルト台はサクサク。中にカスタードクリームと、清見オレンジのコンポートが入っていた。上に添えられた桜の塩漬けが、甘さをぐぐっと引き立ててくれる。守屋さんは満足げな表情で、コクコクと頷いていた。

続いて、清見オレンジのジェラートを食べる。甘さがぎゅぎゅっと濃縮されている上に、清見オレンジの粒も交ぜられていて、食感も楽しめる。

最後に、清見オレンジのゼリーを食べた。こんにゃくゼリーのような食感があるものに、清見オレンジがまるごと包まれていた。ナイフとフォークを使って食べる。

「これは……すごい！」

思っていたことを、そのまま守屋さんが呟いた。

清見オレンジ自体は加工しておらず、薄皮を剝いただけの状態で薄いゼリーが覆っていた。

驚くほど甘く、ジューシー。口の中が幸せで満たされる。

改めて、ママがプロデュースしたスイーツは、素晴らしいと思った。

このスイーツがまた、シャンパンと合うこと。あっという間に、グラスを空にしてしまった。二杯目を勧められたが、酔うわけにはいかない。

「えー、すごいじゃん」

その時、ひときわ大きな声で、真莉愛さんが飯島氏を褒め称える声が聞こえた。

どうやら、真莉愛さんが戦闘モードになったようだ。背後の席に座る飯島氏との会話に耳を傾けることにした。

「でも、月に何回も、このお店に通っていたら、生活が大変なんじゃない？」

「いや、そうでもないんだ。ここだけの話、俺は今、家賃、生活費、お小遣いまで出してくれる女のもとで暮らしている」

「やだ、それってヒモじゃない？」

「ヒモじゃない。女は、俺に貢ぎたくて、堪らないやつだから」

「じゃあ、家賃と生活費とお小遣いは、返さないつもりなの？」

「まあ、そうだな」

真莉愛さんのナイスアシストにより、飯島氏が借りたお金を返す意思がないという証言を録音できた。麻衣は借用書をきちんと作っているので、詐欺罪が成立するだろう。

その後も、飯島氏はありえない証言を連発する。麻衣と別れて真莉愛さんを選ぶとか、あんなのただの金蔓《かねづる》だとか、真莉愛さんと比べたら平々凡々でつまらない女だとか。運命の女と出会うための、繋ぎであるとも言いきった。

守屋さんは飯島氏についてコメントせず、無表情だった。しかし、背後でブリザードが巻き上がっているような気がした。人知れずぶるりと、震えてしまう。

そんなこんなで二時間、飯島氏は酒を飲み真莉愛さんに絡んだ上に、万能感溢れる発言を繰り返したあと、上機嫌で帰っていった。

なんていうか、すごかった。あんな最低最悪な男の話を、穏やかな顔で聞いている真莉愛さんのプロの仕事人っぷりが。思わず、涙が出てきそうになる。

ＩＣレコーダーやカメラを回収し、ママにお礼を言って、『プレズィール』を出た。

夜風がひんやり冷たい。

「守屋さん、今日はお付き合いいただき、ありがとうございました」

「いえ、こちらこそ、おいしい甘味をいただけて、大変満足な時間を過ごしました」

飯島氏の話を聞いて不快だったのでは？　と思っていたので、ホッとする。

「それはそうと、動画と録音は、そのままご友人に見せるのですか？」

「うーん。それが問題なんですよね」

「立ち話もなんなので、私のお店に行きましょう」

「そう、ですね」

『プレズィール』から徒歩十五分。〝CLOSED〟の札がかかったお店の裏口から、店内へと入っていく。

「飲み物を、用意しますね」

「ありがとうございます」

勧められたカウンター席に、腰を下ろす。

守屋さんは冷蔵庫から、黄色い柑橘を取り出した。表面はつるりとしていて、馴染みがない。

「守屋さん、その果物はなんですか？」

「文旦《ぶんたん》ですよ」

「ぶんたん？」

初耳である。十二月から四月半ばまで出回る柑橘らしい。主に高知県や熊本県などで、生産されているようだ。

守屋さんは活き活きとした表情で、スルスルと文旦の皮を剝いていく。清見オレンジのスイーツから、インスピレーションを得たらしい。ミキサーでジュースを作り、冷蔵庫の中から取りだしたゼリーを添えている。

「文旦ジュレジュースです」

「ど、どうも」

飲み物を用意すると言っていたが、まさか果物のジュースが出てくるとは……！

上にはミントと摩《す》った文旦の皮が載っていた。これぞ柑橘！　という爽やかで、フレッシュないい香りがする。

「かき混ぜてから、飲んでみてください」

「はい、では、いただきます」

ゼリーが吸えるように、太いストローが刺さっていた。ぐるぐるかき混ぜてから、いただく。

「ん――あ、おいしい！」

果汁百パーセントだと思いきや、炭酸ジュースが混ざっていた。文旦の酸味と、炭酸のシュワシュワ感、それからゼリーの甘さが絡み合い、完成された一つのスイーツとして成り立っている。

「文旦をお菓子として仕上げるのに、どうしたらおいしく食べていただけるか、悩んでいたのですが」

薄皮に若干ほろ苦さがあるので、それを生かしたものを作りたかったようだ。

「おかげさまで、いい一品が完成しました」

「ですね。絶対、男女問わず好きな味だと思います」

全部飲んで、はーっと満足していたら、突然守屋さんが謝ってくる。

「すみません。これからどうするのか、話し合うために佐久間さんをお招きしたのに」

「いえ、私も忘れていたので」

「紅茶かコーヒーを淹《い》れましょうか？」

「あ、いえ、お気持ちだけいただいておきます」

そうだ。麻衣のことを話すためにやってきたのに、文旦のジュースを飲んで幸せな気分になっていた。

果物には、憂鬱を吹き飛ばす幸せ成分でも入っているのか。その辺の研究を守屋さんは積極的に進めてほしい。

「麻衣についてですが、どういうふうに彼氏の悪事を知らせたらいいのか、わからなくて」

きっとそのまま見せたら、ショックを受けてしまうだろう。だからと言って、このまま関係をズルズル続けさせるわけにはいかない。

「ちょっと今、喧嘩というか、気まずくなっていて。彼氏と別れるように言ってしまったので。私が何を言っても、聞いてくれない気がするんです」

「そうですか」

いったいどうすればいいのか。共通の友達には、言わないほうがいいだろう。

「やっぱり、探偵を雇って――」

「待ってください。私を佐久間さんの友達として紹介してもらい、話の中で、今回の例と似た話をして、ことの重大さを遠回しに伝える、という方向に持っていくのはどうでしょうか？」

いい考えだ。しかし、実行する前にいささか問題があった。

「それならば、傷つかないと思います。でも……」

「でも？」

「えっと、女性の友達に、男友達を紹介するというのは、あまりないかな、と」

「そうなのですか？」

「ええ。私と友人達の間柄では、ですが」

もしもあるとしたら、それは恋人候補としてどうかと友人に紹介するときくらいだろう。

「ああ、なるほど。たしかに、友人間の異性の知り合いの紹介は、お見合い要素を含むときがあるのかもしれないですね。と、なると、どういうふうに会ったら自然なのか」

「守屋さんを私の恋人だと、友人に紹介するならば、自然かもしれません」

「ああ、なるほど」

目が合った守屋さんは、眼鏡のブリッジを指先でわずかに押し上げる。その瞬間に、眼鏡が光って表情はわからなくなった。

「ならば、そのように紹介しては？」

「でも、そこまでしてもらうのは、悪いです」

「いえ、ぜんぜん構わないのですが」

守屋さんは独身で、彼女も婚約者もいないらしい。私も特に親しくしている相手はいないので、問題はない。

「あそこまで酷い物言いをする男性と付き合っている女性を、見て見ぬ振りなんてできません。どうか、協力させてください」

「で、でしたら……お願いしてもいいですか？」

「もちろんです」

そんなわけで、守屋さんの協力を得て、麻衣を呼び出すことにした。

◇◇◇

麻衣は怒っているかと思いきや、私が新しい恋人を紹介したいと言うと喜んでくれた。さらに、会ってくれるという。

そういえば、と思い出す。学生時代から喧嘩することはあったが、麻衣は何日も引きずらなかった。後腐れないタイプなのだろう。

込み入った話になるので、守屋さんのお店で会う約束を取り付けた。ありがたいことに、その日は貸し切りにしてくれるらしい。

普段はパンツスタイルだが、春のセールで買ったばかりのワンピースを着てみた。本日はあいにくの曇り空で、シフォン生地のワンピース一枚では肌寒いだろう。上からジャケットを合わせて、ヒールの高い靴を履く。

化粧も華やかにして、久々に髪も巻いた。いつもはネイルをする作業の邪魔にならないように、一つに結ぶかシニヨンにまとめるだけだったが。

ハーフアップにして、コテで巻いて、毛先はワックスで遊ばせる。

鏡を覗き込んだら、五歳くらい若返った気がした。

いつも仕事に追われていて、オシャレする気にもならなかった。こういう機会を作ってくれた守屋さんには感謝だ。

あくまでも、麻衣に飯島氏の悪行に気付いてもらうための、恋人の振りなのだけれど。

麻衣と、この前会った喫茶店で落ち合った。

「お待たせ」

「え、里菜⁉　ちょっと、誰かわかんなかったよー！　やだー、なんか短期間できれいになって。やっぱり、彼氏ができると、そうなるんだね」

「まあ、うん」

単に、オシャレをしていなかっただけだ。ネイリストに必要なのは華やかな恰好ではなく、身ぎれいな恰好だから。美意識のすべては、お客さんの指先に。それをモットーに、日々頑張っている。

「里菜の彼氏って、かなり久しぶりだね」

「うん、百年ぶりくらい」

「また、冗談を言って。いいなー、なんか、幸せそう」

エア彼氏で幸せそうに見える私は、女としてどうなのか。いや、いいのか。

コーヒーを一杯だけ飲んで、守屋さんが営むフルーツパーラー『宝石果店』に向かった。

「でも、すごいね。里菜の彼氏、銀座にお店を持っているなんて」

「そ、そうだね」

あまり、その辺の話は広げないほうがいいだろう。私も詳しくないから。別の話題を振りながら、お店まで歩いた。

「えっと、ここが、守屋さんのお店で」

「わー、すてきなお店！　フルーツパーラー、『宝石果店』、か。店名もロマンチックだね」

「うん」

お店の前できゃっきゃと騒いでいたら、守屋さんが道路側にある窓を開いて顔を覗かせる。

「どうも、こんにちは」

守屋さんはいつものクールな感じで登場する。ブリザードは吹き荒れておらず、大人の落ち着いた男性という感じに見える。一応、役作りをしてくれたのだろうか。

「こんにちは。あ、もしかして、里菜の彼氏さんですか？」

「ええ、そうです」

眼鏡のブリッジを指先でクイッと上げながら、守屋さんは答える。

よくもまあ、動揺の欠片《かけら》も見せずに答えられるものだ。私なんて、麻衣と会ってから何度言葉を噛んだことか。その辺は、人生経験の差なのかもしれない。

「どうぞ、店の中へ」

「はーい！」

窓が閉まったあと、麻衣は私の肩をバンバン叩く。

「ちょっとやだ、里菜！　彼氏、超超カッコイイじゃん！　フルーツパーラーを経営しているっていうから、見た目も甘いスイーツ男子かと思っていたのに。クール系眼鏡男子かー」

「あ、うん」

「真面目そうで、お似合いかも！」

「ありがとうね」

本当の恋人ではないので、褒められてもまったく嬉しくないが。可能な限りの笑みを浮かべ、言葉を返しておいた。

中に入ると、守屋さんがスイーツを持ってきてくれる。

「わー、おいしそう。イチゴタルトだ！」

「張り切って、作らせていただきました」

「きれい、宝石みたい……！」

麻衣は守屋さんが作ったイチゴタルトを前に、目を輝かせている。ワンホールまるごとのタルトに、テンションが上がるのは理解できる。

ここで、自己紹介の時間となった。まずは、麻衣から。

「あ、すみません。申し遅れました。私、里菜の友人の、山本麻衣《やまもと》です」

「初めまして。里菜さんとお付き合いさせていただいている、守屋と申します」

動揺を滲ませることなく、守屋さんは言い切った。私のことも、恋人らしく名前で呼ぶという徹底ぶり。ちなみに、私は守屋さんの下の名前を失念してしまった。漢字一文字だったような気がするけれど……。

「彼女のために、お店を貸し切りにしてくれるなんて、すごいですね」

「里菜さんが、大切なお友達と会わせたいとおっしゃっていたので」

「そ、そっかー」

守屋さんにそんなことを言った覚えはないが、麻衣は大事な友達だ。ちょっと照れくさくなってしまう。

演技なのに、こういう心遣いをしてくれるなんて。守屋さんはすごくいい人だ。

「窓側の席にどうぞ」

「はーい」

守屋さんに勧められ、席に着く。麻衣はキョロキョロ店を見回し、すてきな店だと褒めた。守屋さんは、満更でもない、という表情を浮かべている。

イチゴのタルトは丁寧な手つきでカットされ、皿に盛り付けられた。

「はー、すごい」

「どうぞ、めしあがってください」

「ありがとうございまーす」

麻衣は嬉しそうに、タルトを頬張った。口に入れた瞬間、目がキラキラと輝く。

「おいしい！　とっても、おいしい！」

頬に手を当てて感想を述べたあと、麻衣はツーッと涙を流したのでぎょっとする。

「ちょっ、麻衣、どうしたの⁉」

「こ、こんなにおいしいタルトを食べたのは、久しぶりのような気がして。っていうか、甘い物を食べたのが、久しぶり、かも」

「な、なんで⁉」

「亜紀人君を支えるために、生活を、き、切り詰めていて……」

ポロポロ、ポロポロポロと、珠の涙を零す。気付かないうちに我慢していたものが、タルトを口にしたことによって崩壊したのかもしれない。

「ごめん。私、こういうスイーツを、食べたかったんだなって、思って」

「麻衣……」

学生時代から、麻衣は甘い物に目がなかった。それなのに、ずっと我慢していたのだ。

「ご、ごめんなさい。あまりにもおいしすぎたから、涙が、出てしまったの」

「たくさん、召し上がってください。あなたのために、焼いたタルトですので」

「うう……守屋さん、ありがとうござい、ます」

麻衣が泣き止む様子がないので、守屋さんは席を外す。私はひたすら、麻衣の背中を優しく撫でてあげた。

泣き止んだ麻衣は、ぽつり、ぽつりと話し始める。

「なんか、里菜と守屋さんを見ていたら、羨ましくなってしまって。里菜は、きちんと、彼氏から、大事にされているのに、わ、私は、ぜんぜん、大事に、されていなくて。付き合っているのに、一度も、亜紀人君とロマンチックなデートに出かけたことなんてなかったんだ。私の仕事が忙しいのもあるけれど、亜紀人君はいつも、一人で出かけるから」

飯島氏は麻衣のことを、恋人として扱っていなかったようだ。余計に、怒りがこみ上げてくる。

「半年前に、里菜に亜紀人君を紹介したでしょう？　覚えている？」

「うん、覚えているよ」

雰囲気がいいイタリアンのお店で、三人で会った。さすがに、そのときの飯島氏はスーツ姿で現れたけれど、シャツはヒョウ柄で大変チャラかったのを覚えている。

「あの日、亜紀人君が奢ってくれたって言ったけれど、あれ、実は私のお金だったの」

「そう、だったんだ」

「あとで返すって言っていたんだけれど、返す素振りはまったくなくて。思い返したら、そんなことがいくつも重なっていて。亜紀人君はきっと、お金を返すつもりはさらさらないんだなと」

ようやく、気付いてくれたようだ。はー、と深いため息をつきたいのを、ぐっと我慢する。

「里菜と食事をした日も、早く帰りたかったってぼやいていたし……最悪だった。私の友達を大切にしてくれないような人と、どうして三ヶ月も暮らしていたんだろう。疲れていたから、判断能力が低下していたのかな?」

それも、あるのかもしれない。ただ、飯島氏を愛していたことは、嘘ではなかったのだろう。

仕事が忙しいばかりで、睡眠時間すらまともにない里菜の心の支えが、飯島氏であったことは嘘ではない。それだけは、はっきり言える。

「このイチゴのタルトを食べたら、夢から醒《さ》めた気がする。私達の関係は、恋人じゃない。亜紀人君は私を利用して、私は亜紀人君に利用されるだけの関係だったんだ。なんで、今まで気付かなかったんだろう」

麻衣はがっくりと、肩を落とす。

どうやら、守屋さんに恋人役の演技をしてもらう必要はないようだ。

麻衣はがっくりとうな垂れていた。無理もないだろう。

「里菜は、亜紀人君のずるさを、わかっていたんだね。せっかく忠告してくれていたのに、怒ってごめん」

麻衣の謝罪に、首を横に振る。

なんて声をかけたらいいかわからない。言葉を探していたら、麻衣はパッと顔を上げる。瞳には、光が宿っていた。

気落ちしているかと思いきや、麻衣から闘う意志を感じ取る。なんていうか、強い子だ。

「一刻も早く別れて、貸したお金を返してもらわなきゃ！」

麻衣はそう言って、鞄の中から手帳を取り出す。そこには、いつ、いくらお金を貸したという記録と、必ず返すという飯島氏の署名が書かれた紙が大量に挟み込まれていた。

「え、それ、毎日持ち歩いていたの？」

「そうだよ。亜紀人君、スーパーとかコンビニとか、いろんな場所でお金を貸してって言ってくるから」

お小遣い以外にも、ちょこちょこお金を貸していたらしい。大きな金額だけでなく、小銭まで借りていたとは。どこまでせこいのかと、呆れてしまう。

「これ、本当に全額返してもらえるのかな？」

「もしも拒否した場合は、裁判所に持ち込んで、回収することもできるみたい」

「でも、裁判って、大げさなような？　手続きとかも、大変そう」

「なんでも、少額訴訟っていうのがあって、六十万円以下の支払いを求める場合は、通常の裁判より簡単かつ、費用も抑えた裁判ができるみたい」

私も守屋さんから話を聞いたあと、少しだけ調べてみたのだ。

「六十万円以下か……いけるかも」

まずは、飯島氏にお金を返す意思があるか否か、聞かなければならないだろう。

「別れ話もしないといけないよね。はー、面倒くさい」

「誰か間に挟んだほうがいいかも」

「里菜、お願いしてもいい？」

「それは、いいけれど……」

「けれど？」

私一人ではどうにも不安だ。ちらりとカウンターの奥にあるキッチンへと視線を移したら、果物の皮を剝く守屋さんと目が合った。

「あの、守屋さん。よかったら、麻衣と彼氏の話し合いの場に、同席してもらえませんか？」

「え、里菜、何を言っているの？　そんなの、悪いでしょう？」

「構いません」

そう言いながら、守屋さんはテーブルに果物の盛り合わせを置いてくれた。

リンゴが、白鳥の形になっている。とんでもない技術だ。いったいどうやって作ったのだろうか。

「うわぁー……白鳥がきれいすぎて、食べられない――ではなくて。では、麻衣と飯島氏、私と守屋さんの四名で、会うことにしましょう」

「でも、悪いような……」

「一人でも多くいたほうが、心強いと思いませんか？」

守屋さんの言葉に、麻衣はたじろぐ。

「そ、それは、そうですが」

「麻衣、守屋さんにもいてもらおう。私だけじゃ、舐められるかもしれないから」

「そんなことはないと思うけれど……。わかった。守屋さん、お願いします」

そんなわけで、麻衣の別れ話と借金を返す意思があるかの確認の場に、私と守屋さんが同席することとなった。

「麻衣、今から呼び出せる？」

「あ、うん。今日は、家で寝ていると思う」

「だったら、すぐに話をしよう。お店は――守屋さん、ここに呼び出してもいいですか？」

「いいですよ。込み入った話をするのです。人に聞かれないほうがいいでしょう」

場所は決まった。守屋さんもいる。心配事はない。それなのに、麻衣は浮かない表情だった。

「麻衣、こういうのは、早いほうがいいの。彼氏においしいものを奢るとかなんとか言って、呼び出して」

「うん、わかった」

電話をしたが、反応はなし。メールでおいしいものをご馳走すると送ったら、すぐに返信があった。

「今すぐ来るって」

「あっさり釣れたね」

「うん。でも、口だけは立派だから、素直に従うのか、すっごく心配なんだけれど」

ちらりと守屋さんを見る。ＩＣレコーダーをこっそり見せたら、すぐに頷いた。話が早くて、非常に助かる。

飯島氏の呆れたふるまいについて、動画と録音があることを麻衣に伝えた。

「里菜、そこまでしてくれていたんだ……」

「ごめん。証拠がないと、麻衣は信じないと思ったから」

「そう、だったね。今まで、周囲がよく見えていなかったのかもしれない。ありがとう」

　衝撃的な内容だけれど、麻衣に確認してもらう。

「これなんだけれど――」

　彼女は飯島氏の発言や行動について、涙は流さなかった。


　一時間後、飯島氏が到着する。重苦しい店内の空気に、首を傾げていた。

「あれー、何？　麻衣、友達でも紹介してくれるの？」

　能天気な飯島氏は、麻衣の怒りの表情と、守屋さんの背後のブリザードに気付いていない。なんと、飯島氏は私を覚えていなかった。腹が立つのを通り越して、心底呆れてしまった。

「亜紀人君、里菜だよ。前にイタリアンを食べにいったときに、紹介したでしょう？」

「里菜？　うーん、覚えていないな」

　名前を言っても思い出せないとは。私のことは出会った瞬間、記憶の中でどうでもいい人物のカテゴリーの中に放り込まれていたのだろう。

「どうした？　早く、うまいもん食いに行こう」

「亜紀人君、ちょっとそこに座って」

「腹減っているんだよ」

「いいから、座って」

「お、おう」

麻衣の迫力に負け、しぶしぶといった感じで飯島氏は腰かける。

「話があるの」

「なんだよ」

飯島氏は麻衣の改まった態度に、何か感じ取ったのか。ふてぶてしい態度を取る。

「亜紀人君、私と別れて」

「は？」

「あと、貸したお金、全部返して」

会話は、念のためＩＣレコーダーに録音している。動画も、守屋さんがキッチンからスマホで撮影してくれていた。

「何言ってるんだよ。別れねえし、金も返さねえよ」

飯島氏は高圧的な態度を取り、お金の返済と別れるという話を拒否。

一方で、麻衣は表情をなくしている。許す気はさらさらないようだ。

「ねえ。なんで、別れてくれないの？」

「いや、今まで仲良く楽しく暮らしていたじゃん！　今更別れる必要はないだろう？」

「楽しい？　私のうちで、三食食べて、昼夜問わず眠って、家事は何もしない。亜紀人君は再就職活動で辛いから、私が一方的に大変でも、我慢していたのに」

膝の上にあった麻衣の手が、拳を作る。ブルブルと震えているように見えた。怒りが、爆発寸前なのだろう。

それに気付かない飯島氏は、墓穴を掘り続ける。

「俺だって、お前の髪切ってやったり、ヘアメイクしてやったり、いろいろしてやっただろうが。カリスマ美容師の技術は高いんだ。十分、お前の頑張りに相応するものを、返していただろう！」

「髪の毛を切ってくれたのも、ヘアセットも、最初だけだったでしょう。同棲して一ヶ月目に、一回か二回、してくれただけ。それから先は、私相手にしたら、腕が鈍るとか言って、してくれなかったじゃない」

どこまでも、クズな発言と行為を繰り返していたようだ。

「まあ、百歩譲って、別れてやらないこともない。でも、お前の家には居続けるからな！」

「なんで？」

「お前も、寂しいだろうが」

「寂しくない、ぜんぜん。早く、出て行って。もしも拒否するのならば、警察を呼ぶから」

「け、警察だと⁉」

「だってあの家は、私名義で借りているから、当たり前の権利でしょう？　弁護士にだって相談するし」

「わ、わかった。出て行く。出て行くから」

「亜紀人君と私の関係も、今、この瞬間に解消ね」

「こっちが願い下げだ」

ここで、守屋さんに目配せする。お金の話をするので、同席してもらうのだ。

「あ、そうだ。里菜の彼氏を紹介するね。守屋さん」

「は？　なんだよ、突然。まさか、こいつ、弁護士じゃないよな？」

「このお店のオーナーさんなの。いろいろと、法律にも詳しいみたいで」

「いや、なんでこいつが、割り込んでくるんだよ。おかしいだろうが」

「いいから、話を聞いて」

守屋さんはこの場の空気を凍らせるような、目元がまったく笑っていない微笑《ほほえ》みを浮かべながら着席する。妙な迫力があった。

「どうも、初めまして。守屋、と申します」

「お、おう……」

守屋さんは眼鏡のツルを指先でわずかに持ち上げる。それだけなのに、飯島氏はビクリと肩を揺らしていた。

あの怯えよう。もしや、飯島氏は守屋さんを弁護士だと勘違いしているのだろうか。すっかり大人しくなった。

「亜紀人君、借金返さないって言ったよね？」

「あれは、お前が俺にくれたんだろう？」

「違う。借用書も、きちんとあるし」

「それは、仕方なく書いたんだ。返すつもりは、さらさらない！」

言い切った飯島氏に、守屋さんが淡々と語り始める。

「そうなると、刑法第二百四十六条の、詐欺罪に該当しますが、よろしいでしょうか？」

「は⁉　な、なんで、詐欺を働いたことになるんだよ！」

「借りた金は返すと発言し、借用書まであるのに、返さないと言うのであれば、詐欺に値するかと」

「ち、違う。詐欺なんて、していない！」

「詐欺罪に問われると、十年以下の懲役が定められています。さっさと返済したほうが、いいと思いませんか？」

守屋さんの声はどこまでも冷たく、飯島氏を凍えさせるようだった。返す言葉もないみたいで、ぶるぶる震えている。

「クソ……！」

飯島氏は、悔しそうに表情を歪ませる。拳を握り、ドン！　とテーブルを叩いた。今にも暴れ出しそうな雰囲気だったが、守屋さんにジロリと睨まれると大人しくなる。やっぱり、守屋さんに協力をお願いして正解だった。私と里菜だけでは、ここまで追い詰めることはできなかっただろう。

心の中で、手と手を合わせて拝んでしまう。

「わかったよ。返済する」

すかさず、守屋さんは飯島氏に質問する。

「今日、全額振り込むことは可能ですか？」

「は!?」

「亜紀人君、今、フリーランスで仕事をしているんだよね？」

「なっ、なんで、それを？」

「秘密。私、亜紀人君のこと、けっこういろいろ知っているの。たとえば、週一でキャバクラ遊びをしていることとか。お店の女の子に言い寄って、嫌がられていることとか」

「なっ⁉」

麻衣は「してやったり」な表情で、にんまりと笑った。

思いがけないところで、私の決死の潜入が役に立つ。

「お金があるんだったら、さっさと振り込んで。今すぐに」

「わかった。わかったから、それを、誰にも言うなよ」

「お金を振り込んでくれたら、言わないかも」

「わかったよ」

その後、守屋さんと私は銀行へ同行し、飯島氏が麻衣の口座に借金を全額返済するのを見守った。さらに、麻衣の家から飯島氏が荷物をすべてまとめ、旅立つ瞬間も見送る。

守屋さんはテキパキと、飯島氏の衣類を旅行鞄に詰めていた。心の中で、「おかんかよ」と突っ込んでしまったのは秘密だ。二時間ほどで、荷造りは完了する。

旅立つ飯島氏を、みんなで見送った。

「亜紀人君、じゃあね、元気で」

「……ああ」

「キャバクラ遊びもほどほどに」

「懲りたから、もう行かない！」

「それがいいよ」

麻衣は、晴れやかな表情で返す。断捨離を終え、スッキリしているのだろう。

飯島氏はなんとも言えない表情を浮かべ、踵《きびす》を返す。麻衣のマンションから、逃げるように去っていった。

「あー、スッキリした！」

麻衣は伸びをしながら言う。そして、私と守屋さんに向かって、頭を下げた。

「本当に、ありがとうございました。おかげさまで、お金も取り返せたし、円満に別れることもできました」

もう、麻衣に憂いごとはないだろう。

すっかり、夜になってしまった。小腹も空いていたので、麻衣と守屋さんと共に居酒屋に行って祝杯を挙げる。

麻衣は晴れ晴れとした表情で、ビールを一気飲みしていた。

「はー、おいしい！　お礼におごりますので、里菜も守屋さんも、どんどん飲んでくださいね」

勧められたものの、このあとネイルの試作品を作る予定なので、がぶがぶ飲むわけにはいかない。

　守屋さんが作ったイチゴのタルトからアイデアが浮かび、可愛らしいネイルが完成する予定だ。イチゴの宝石のような輝きを表現できるのか、ネイリストとしての腕の見せ所である。

「あのね、里菜。私、すてきな彼氏を見つけるよ」

「今度は、チャラい男に引っかからないようにね」

「大丈夫。守屋さんみたいに、頼りがいがあって、真面目な人を探すから」

　そういえば麻衣と守屋さんはお似合いかも、なんて思ったりしたのだ。

　でも、そう考えたら、なんだかモヤモヤしてしまう。どうしてなのか。

「守屋さんのお店にも、通いますので。イチゴのタルト、超おいしかったです！」

「ありがとうございます」

　二人の間にある空気感も悪くない。ここで、ネタばらしをしたほうがいいのか。

　迷っていたら、守屋さんは席を外してしまう。

　タイミングを逃してしまった。心の中で頭を抱えていたら、麻衣は私の耳元でこっそり囁く。

「里菜、彼氏のお店に一人で行くわけじゃないから、安心してね」

「え!?」

「里菜と守屋さんは、理想のカップルだから。これからも、応援するね！」

いや、応援されても困るのだけれど……。

そう思った瞬間、守屋さんからメールが届く。

――恋人関係について、しばらく種明かししないほうがいいかと。お友達は、すっかり信じているようですし。守屋
たしかに、守屋さんの言う通りかもしれない。もしも、この場で「私達、実は付き合っていませんでしたー」なんて言ったら、麻衣はショックを受けてしまうだろう。

傷心の麻衣に、辛い思いはさせたくなかった。

だから、「わかりました」と返信しておく。

幸い、私も守屋さんも、恋人はいないし、困ったことにはならないだろう。


そんなわけで、問題は無事に解決した。

心の中でくすぶっていた憂鬱は、きれいさっぱりなくなっている。

協力してくれた守屋さんには、感謝してもし尽くせないだろう。

お礼として、スイーツ店巡りに付き合うこととなった。週に一回、会っている。

これは付き合っている状態なのでは？　とチラリと脳裏を過《よぎ》ることもあったが、深く考えないことにした。

夏の章　婚約破棄とマンゴーのかき氷

初夏は、サクランボのシーズンだ。

守屋さんと共に、サクランボの限定スイーツを食べるために、今日も行列に並ぶ。

スーツは目立つと助言してから、ラフな恰好でやってくるようになった。

今日はテーラードジャケットに白いシャツを合わせ、スキニーパンツを一回折り曲げ、キャンバスシューズと合わせている。

一見きっちりしているように見えて、実はカジュアルでオシャレな恰好だ。

この服装だったら、スイーツ店でも目立たない。じっと行列を見つめていても、誰かを待っているようにしか見えないだろう。そういえば、あの日は仕事帰りか何かだったのか。

気になったので、質問してみた。

「あの、いつもお店巡りって、スーツで行っていたのですか？」

「ええ、そうですね。仕事帰りの会社員を装っていましたが、もしかして悪目立ちしていたのでしょうか？」

守屋さんはじっと、私を見下ろす。以前のように、冷たい印象を感じなくなり、少しだけドキッとしてしまった。ブリザードを感じることも、なくなったような。

もしかして、気を許しているから、温度を上げてくれたのか。

私が守屋さんの温度に、慣れてしまった可能性もあるけれど。

「佐久間さん、どうしたのですか？」

「あ、いや、なんでもないです。スーツが悪目立ちかはわかりませんが、女性ばかりのスイーツ店で、スーツの男性は珍しいと思います。今日みたいな私服のほうが、目立たないかと」

「なるほど。そうだったのですね。女性側からの貴重な意見、痛み入ります」

会釈したあと、守屋さんは眼鏡のブリッジをクイッと押し上げる。眼鏡がズレている様子はなかったが、癖なのだろう。

「それにしても、すごい行列ですね」

「サクランボのスイーツを出す店は、あまり多くないですからね」

「たしかに、見かけませんね」

その理由を、守屋さんはズバリと説明してくれる。

「保存が難しいからでしょう」

なんと、サクランボは収穫してすぐに食べないと、傷んでカビが発生してしまうらしい。

「保って、二日くらいでしょうね。すぐにカビます」

「そんなに早いのですね」

配達される間に傷が付き、箱を開けたらカビが、というパターンもあるほど繊細なフルーツなのだとか。

「サクランボ自体が甘ければ甘いほど、カビやすい傾向にあるようです」

「だったら、店側も扱いたくないですよね」

生のサクランボのスイーツを、扱うお店が少ないわけだ。

「サクランボって、寒い地域でしか生産されていないですよね。やっぱり、そういう地域でしか、育たないんですか？」

「寒い地域ではなく、サクランボが育つ環境に適合した地域、ですね」

ちなみに、国内のサクランボ生産量の七割が山形県で作られているようだ。

「その昔、日本中でサクランボの栽培試験が行われていたようですが、霜や雨、台風などに襲われ、上手く育たなかったようです」

まず、霜が降りるとサクランボの花の蕾《つぼみ》が枯れ、次に、雨に打たれると、すぐに実が割れて腐ってしまう。止《とど》めとばかりに、台風の風に煽られると、サクランボの木が倒れてしまうのだとか。

「サクランボの木の根は土の浅い場所に張っていて、倒れやすいのです」

霜、雨、台風、すべてクリアした地域が、山形県だったようだ。もちろん、完全に被害がないわけではないが、他の地域よりはぐっと少ないのだとか。

「それを考えたら、サクランボを食べられることがありがたく思えます」

「そうですね」

サクランボの生産がそんなに大変だとは思わなかった。なんとなく、山形県でよく作られているなーと、思うくらいで。

「アメリカンチェリーもおいしいですよね。日本産のサクランボより安価なので、ついパクパク食べてしまうのですが」

「アメリカンチェリーは安いものでも外れが少なく、比較的どれもおいしいイメージがあります。サクランボは安いものだと、味に当たり外れもありますからね」

「そうなんです」

せっかく奮発して買っても、思っていたほど甘くなかった場合はガッカリしてしまう。

「まあ、サクランボの味は保存状態もおおいに左右しますが」

「保存状態、ですか？」

「ええ。サクランボは冷やしたら、甘みが薄く感じるんです。常温で保存して、冷たいほうがいいのならば、食べる直前にさっと冷水に通すとか、冷蔵庫で一時間冷やすとか、工夫が必要なんです」

「へー、そうだったのですね」

今までなんの疑問も持たずに、冷蔵庫に入れていた。まさか、それがおいしく感じない原因だったなんて。

「ただ、常温で保存すると、カビやすくなります」

「買ってすぐに食べるのが、正解なんですね」

「そうです」

本当に、サクランボは繊細なのだ。

海を越えてやってくるアメリカンチェリーの存在が、逞《たくま》しく思えてしまう。

「輸入に耐えうるということは、それ以外のサクランボより強い品種なのでしょうか？」

「まあ、日本のサクランボに比べて強いのかもしれませんが、アメリカンチェリーだって雨に打たれたら実が割れてしまいます」

なんとなく、アメリカ産のサクランボなので、屈強なイメージがあった。だが、サクランボらしく、弱い一面もあるということか。

「こう、アメリカの名を冠しているので、強いものだとばかり」

「実は、原産はアメリカではないのです。もともと、十六世紀辺りにヨーロッパから持ち込まれたもので、国産のサクランボと分別する目的でアメリカンチェリーと呼ばれるようになったそうで」

「へー、そうなのですね！」

アメリカ本国では、ただのチェリーとして出回っているのだとか。

「アメリカンチェリーと言っても、品種はいろいろあって、ビング、レイニア、ブルックス、ツラーレ、他にもありますが、たいてい品種名は書かれることはなく、アメリカンチェリーと一括《ひとくく》りにされています」

「全部、アメリカ産のチェリーに変わりないですからね」

「ええ」

イチゴだと、『紅ほっぺ』とか、『とちおとめ』とか、『あまおう』とか、品種名を前面に出して売り出すけれど、アメリカンチェリーは事情が異なるようだ。

さすが、フルーツライター。果物博士である。

尊敬の眼差しを向けていたら、高速で眼鏡のブリッジを上げた。そして、眉尻をわずかに下げながら、ぼそぼそ喋る。

「すみません、このようなマニアックな話、つまらないですよね」

「いいえ、そんなことないです。面白かったです。今度から、サクランボやアメリカンチェリーに対する思いが変わるような気がします」

「だったら、よかったです」

守屋さんの表情が——和らいだように見えたが、すぐに顔を逸らしてしまったので確認できず。非常に惜しかった。

普段、無表情であることが多いので、貴重だったのに。今度顔を背けそうになったときは、回り込んで確認しなければ、
行列は一時間半待ちだったが、守屋さんと話していたらあっという間に過ぎていく。一時間半後、ようやく店内へと入れた。クーラーが効いていて、とても涼しい。中は九割女性だ。奥さんや彼女に連れて来られた男性が、肩身が狭そうに座っている。守屋さんは堂々と席につき、一つしかないメニューを私に手渡してくれた。

優しさに感謝しつつ、メニューを開く。

「うわっ、丸ごとサクランボのミルフィーユですって！」

サクランボが六つも挟まれたミルフィーユの写真が、どーんと大きく載せてあった。どうやらこれが目玉らしい。他に、サクランボのゼリーやタルト、パフェなど、種類

豊富に取りそろえてある。守屋さんと話し合い、五品注文した。

ドドンと、サクランボのスイーツがテーブルに並ぶ。店員さんに写真撮影の許可を取る。最近の流行に合わせてか、店内での撮影は自由にどうぞと笑顔で返してくれる。周囲の女性達も、パチパチ写真を撮っていた。

守屋さんは一眼レフではなく、スマホのカメラで撮り始める。

「あれ、守屋さん、一眼レフは忘れたのですか？」

「いえ、この前知り合いに、店で一眼レフは恥ずかしいと言われてしまい」

「あ、そうだったのですね」

「以前、佐久間さんにも、恥ずかしい思いをさせてしまいましたね。申し訳なかったです」

「そんなことないですよ」

むしろ面白かった、というのは言わないほうがいいだろう。

「私もネイルの資料用に写真を撮ることがあるので、きれいな画像がほしいなと思うときもあります」

「ありがとうございます。しかし、周囲の迷惑をまったく考えていなかったなと、深く反省するばかりでした」

よほど手厳しく注意されたのだろうか。守屋さんは若干しょんぼりしていた。

「まあ、人生いろいろありますよね。日々、勉強だと思っています」

そう言った瞬間、守屋さんは私にスマホを向けて写真をパチリと撮った。

「あ、今、私撮りませんでした？」

「すみません、撮りました」

正直に答えたので、笑いそうになる。だが、問題はその点ではない。私は昔から、写真写りが悪いのだ。九十パーセントくらいの確率で、目を閉じている。

「消してください」

「なぜ？」

いや、なぜと聞かれましても。私にだって、肖像権はある。

「守屋さんのほうこそ、なんで撮ったのですが？」

「自然と、押していました。すてきな微笑みだったので」

無表情で、そんなことを言ってくれる。だが、理由を述べたら、「あら、そうですか」なんて返すと思ったら、間違いである。

「恥ずかしいので、真顔でそんなことを言わないでください」

手を伸ばしてスマホを奪い取ろうとしたが、守屋さんは素早く胸ポケットにしまった。あの辺をまさぐるのは、確実にセクハラである。

「消さないのであれば、守屋さんも撮りますよ」

「どうぞ、ご自由に」

守屋さんは、撮影自由らしい。自分のスマホを構え、声をかけた。

「では、笑ってください」

そう言ったのに、守屋さんは眼鏡のブリッジを押し上げる、いつもの仕草をするばかりだった。笑顔なんて見せてはくれない。

仕返しにムービーでもと思ったが、守屋さんは微動だにしなかったので、まったく意味がなかった。

「佐久間さん、満足しましたか？」

「していないですが、食べましょう」

まずは、サクランボのミルフィーユから。使用しているサクランボは『紅さやか』という品種。ほどよい酸味があり、甘いパイ生地との相性がいいらしい。

守屋さんは、この難攻不落に見えたミルフィーユですら、きれいに取り分けてくれた。

「はい、どうぞ」

「ありがとうございます」

受け取ったミルフィーユを、サクランボを落とさずに掬《すく》い取って頬張った。

「ああ――……！」

バターが利いたサクサク生地に、甘いサクランボとカスタードクリームが合わさって、絶妙なハーモニーを奏でてくれる。幸せは、ここにある。最高の一品だった。

「とんでもなくおいしいですね」

「ええ。今年のサクランボは、特に甘いように思います」

それから、サクランボのロールケーキに、サクランボのタルト、サクランボのムースにゼリーと、どんどん攻略していった。どれもおいしく、サクランボを満足いくまで堪能できた。

行列のお店は長居できない。食べたらそそくさと退散する。

その辺の喫茶店でとも思ったが、日曜日なのでどこも混雑していた。

結局、守屋さんのお店で休むこととなった。

「すみません、営業開始前なのに、お邪魔してしまって」

「いいえ、お気になさらず」

日曜日は、十七時から夜の二十三時まで営業しているらしい。

その辺でコーヒーでも買って、お店で飲めばいいと提案したが、あっさり断られた。なんでも、とっておきのジュースがあるのだとか。

「どうぞ、ヤマモモサイダーです」

「わっ、きれい！」

鮮やかな赤色の、サイダーである。シュワシュワ弾けるジュースの中に、凍らせたヤマモモが入っていた。

「これ、新作ですか？」

「いえ、数が少ないので、自分用にと持ってきていたものです」

「そうだったのですね。貴重な一杯を、ありがとうございます。いただきます」

甘酸っぱいヤマモモの風味が、口いっぱいに広がる。初夏に相応《ふさわ》しい、さっぱりとした味わいだった。

「いかがですか？」

「もう、最高です。おいしい！」

思わず大絶賛してしまう。すると、守屋さんが淡く微笑んだように見えた。

なんて爽やかでささやかな笑顔なのだろうか。ちょっと、いや、かなりきゅんとしてしまった。

あの、出会った頃はブリザードを巻き起こしていた守屋さんが笑うなんて。

カメラを構えていたら、撮っていただろう。さっき、守屋さんが私を撮ったときみたいに。

もしかして、あのとき守屋さんも同じ気持ちだったのだろうか。だとしたら、照れてしまう。確認なんて、絶対にできないけれど。

守屋さんはあたふたする私を不思議そうに眺めていたが、気付かない振りを決め込んだ。

落ち着いたところで、本日のサクランボスイーツについて語り合う。あれは、本当においしかった。

「サクランボの次は、マンゴーフェアですね。そのあとは桃、メロン……！」

「マンゴーはうちの店でも大きく扱います。よろしかったら、いらしてください」

「いいですねー。ちなみに、オススメはなんですか？」

「氷です」

マンゴーのかき氷なんて、絶対おいしいに決まっているだろう。

「じゃあ今度、麻衣を誘ってきますね」

「ぜひ」

チャラ男に捕まっていた麻衣であったが、きっぱり別れ、貸していたお金も取り返した。それだけでも「よくぞ頑張った」と褒めてあげたいのに、なんと、麻衣は勤めていたブラック企業を退社したのだ。これまでいろいろと思うことがあったが、ずっと我慢していたらしい。飯島氏の件を受けて、気持ちを抑え込んで頑張る必要はないのだと気付いたようだ。

今は再就職して、バリバリ働いている。土日祝が休みで、毎日定時退社でき、ＧＷ

とお盆、年末年始も休み、有給をとっても文句を言われない会社らしく、「超ホワイトなんだ」と喜んでいた。

「佐久間さんのほうは、いかがですか？」

「まあ、ぼちぼち、といったところですね」

　無理しないを信条に、コツコツ頑張っている。

「紹介制で、お仕事をされているのですよね？」

「ええ。お客さんのもとに直接向かうので、やはり、知らない人の家に行くのは、ちょっと怖いと思って、紹介制にしています」

「そうですよね」

　フリーランスはとにかく、自分がしっかりしていないといけない。危険な人物にかかわらないことも、重要だろう。

「危険な人物と言えば、フルーツパーラーを開店した当初、どこから聞いたのか、長年疎遠だった知人が連絡してきて、安価で店を貸してくれと、頼まれたこともありました」

「守屋さんでも、そういう問題に巻き込まれるのですね」

「佐久間さんも、何かあったのですか？」

「ええ」

思わず、遠い目をしてしまう。

「私の場合、ネイルの練習台になってあげる系の連絡が増えましたね」

友人、知人はバッサリ断っている。以降、疎遠になることもあるが、その程度の関係だったのだと割り切るしかない。

ただ、厄介なのが身内だ。付き合いは、生きている限り永遠に続く。無下に断ることはできない。

去年、親戚の集まりの中で、高校生の子にネイルをしてあげたら、二十代も半ばを過ぎた従妹《いとこ》が「私もー」と輪の中に入ってきたのだ。

仕方なくやってあげたら、それ以来ちょこちょこ「ネイルの練習に付き合ってあげようか？」と連絡してくるようになった。二駅先に住んでいるので、気軽に言ってくれる。

何度も断っていたが、父に言いつけたようで、「やってあげたらいいじゃないか」と電話がかかってきた。家族を使うなんて、卑怯なり。しぶしぶと一回だけやってあげたが、もう練習に付き合わなくてもいいよと言って別れた。

やんわり言ったのがよくなかったのか、一ヶ月に一度は連絡がくる。

「そんなわけで、厄介なんです」

「それは、お気の毒に。知り合いに画家がいるのですが、佐久間さんと同じように、皆に、軽い気持ちでさっと描いてくれと言われるみたいです」

「きついですよね」

無償で描いてくれ、やってくれと言う人達は、手に職を持つ人達の技術が汗と努力の結晶であるという意識がないのだろう。

深い深いため息をついたのと同時に、スマホのディスプレイにメールを受信したというお知らせが表示される。

「――あ」

「どうかしましたか？」

「問題の従妹から、メールが届いて」

どうせ、また「練習台になってあげようか？」という内容だろう。開かなくても、わかってしまう。

「大丈夫ですか？」

「ええ。根は、悪い子ではないので」

メールを開かずに無視していたら、今度は電話がかかってきた。サイレントモードにしているので音もバイブも鳴らないが、ディスプレイが煌々《こうこう》と光り、電話がきたと主張していた。

「お出になっては？　私は店の奥に引っ込んでいますので」

「いえ、大丈夫です。かけ直すので」

「後回しにすると、面倒でしょう」

守屋さんはクールな様子で言い切って、私の返事を待たずにお店の奥のキッチンへとスタスタ歩いていった。

こうなったら、出る他ない。ふーと憂鬱な息をはいてから、通話ボタンを押した。

「もしもし？」

『あ、里菜お姉ちゃん？　私、亜里砂《ありさ》！』

「練習台になりたいっていう申し出は、お断りしております」

『違うって。メール、見ていないの？』

「ごめん、見ていなかった」

『あ、今日はお仕事？』

「違うよ」

『どうせ、家で眠っていたんでしょう？　忙しいからって、寝てばかりいたら、ぬか漬けみたいになっちゃうからね』

「ぬか漬け好きだから、別に嫌じゃないし」

『もー、そんなんだから、里菜お姉ちゃんはモテないんだからね！』

「亜里砂……、その言葉、地味に突き刺さるから」

『だって、叔父さんが言っているんだもの。〝うちの里菜は可愛げがなくて、気も利かなくて、ぜんぜんモテなくてー〟って』

「はいはい」

親戚内で集まると、父は子どもを卑下する話ばかりするのだ。大変迷惑な話だが、子どもの自慢をするとたちまち妬まれて大変らしい。母はいつも「ごめんね」と謝っていた。「お父さんは、本当はそんなふうに思っていないのよ」とも。

母は親戚の集まりを、〝見栄《みえ》自慢大会〟とこっそり呼んでいた。それには、全力で同意できる。

ただ、それには暗黙のルールがあって、自慢が過ぎると反感を買うようだ。

謙虚に自慢していないと、一族から爪弾《つまはじ》き者にされてしまう。

自慢のさじ加減がわからない父は〝見栄自慢大会〟に参加せず、毎年居心地悪くお酒をちびちび飲んでいるようだ。

そんな佐久間家の親戚内には、序列が存在する。

もっとも偉いのは、本家当主である祖父。次に偉いのは、いずれ本家を継ぐ亜里砂の父親であり、長男である伯父さん。

それから下は、次男である父ではない。結婚し、子どもをたくさん生んだ子を持つ親である。

いくら早い時期に結婚していても、先に子どもが生まれた若い夫婦のほうがもてはやされる。

子どもがいても、一人より二人、二人より三人のほうが、序列は上となるのだ。

まだ、子どもは男がいいとか、男尊女卑の思想がないだけマシなのか。それでも腹立たしい話ではある。

結婚をしておらず、子どももいない私がいると、その点をチクチク責められるらしい。そのため、何か言われる前に、父は先制攻撃として私を落とすような話を自分からするのだとか。そうすれば、結婚について攻撃されずに済む。

ただその発言で私の名誉を守りたいのか、それとも、自らの保身のためなのか、よくわからない。

私は毎度毎度、腸《はらわた》が煮えくりかえるほど怒りを覚えている。普段の私ならば、「クソ親父とクソジジイ共、いいかげんにしろー!!　余計なお世話じゃー!!」と叫んでキレるだろう。

けれどこの件に関しては、我慢している。父の子どもは私一人しかおらず、ずっと肩身が狭い思いをしていたのかもしれない。私がキレたら、父は佐久間家での居場所がなくなってしまう。

父を含めて、大変時代錯誤で古くさい価値観を持つ集まりだが、仕方がない。人の考えは、そうそう簡単に変わるものではないのだから。

新しい価値観は、次の世代を担う私達が作っていくしかないのだ。……と、思っていたが、私の父の話をそのまま信じているのが亜里砂という子だった。天真爛漫《らんまん》で、誰からも可愛がられる、実に羨ましい性格をしていた。就職先だって、父親の知り合いの会社に入社し、いきなり秘書室に配属となった。

そのうち辞めるだろうと思っていたが、なんとか頑張っているらしい。その点は評価している。

『里菜お姉ちゃん、話、聞いている？』

「聞いている、聞いている」

『本当ー？』

「で、話はなんなの？」

『そうそう！　来週の日曜日に、婚約者に会ってもらおうと思って』

「え、婚約者!?　ってことは、亜里砂、結婚するの？」

『そう！』

亜里砂の声は、今まで聞いたことがないくらい甘く、弾んでいた。幸せいっぱい、といった感じである。

それはそうと、佐久間本家の姫を射止めたのはいったい誰なのか。非常に気になる。

「そうなんだ。お幸せに」

『なんか、照れるかも。里菜お姉ちゃんも、結婚式に呼ぶね！』

「ありがとう。結婚相手は会社の人？」

『ううん、エステ会社を経営している社長さん』

「ええっ⁉」

まさかの玉《たま》の輿《こし》だった。さすが、佐久間家の姫。とんでもない大物を見事に釣り上げたようだ。

『あのね、「コンプリート・ビューティー」って、知っている？』

「よく、コマーシャルで見かける人気サロンじゃん！」

『そこの社長さんなの』

「本当、亜里砂、すごいね」

なんでも、とある会社の祝賀パーティーで出会ったらしい。

亜里砂は会社の上級管理職《エグゼクティブ》の秘書を務めており、付き添いでパーティーに同行したようだ。なんというか、漫画みたいな世界の中で生きている。

「その祝賀パーティーで、一目惚れされたの？」

『そう！　別に、特別なメイクや髪型をしていたわけじゃないんだけれど。ドレスだって、お正月にお祖父《じい》ちゃんに買ってもらったセール品だったし。アクセサリーだって、ママから貰った流行遅れのお古だったから』

「だったら、亜里砂の見た目じゃなくて、中身を気に入ってくれたのかもね」

『そういうことになるのかな～？』

嬉しくて堪らないといった感じだ。微笑ましいものである。

「入籍はいつなの？」

『二年後くらい？』

「えっ、長くない？」

だいたい、結婚報告してから入籍まで、一年も経たないうちにするのが普通だと思っていたけれど。

『いろいろしなきゃいけないの。エステのコースを一通りこなして、それから、お琴やお花、お茶を習わなきゃいけないんだって』

「なるほど。花嫁修業ってわけ」

『そうなんだ』

さすが、セレブ婚。庶民の感覚とは、かけ離れている。びっくりしすぎて、言葉にできない。

「なんか、上手い言葉は浮かばないけれど、その、頑張って」

応援している。そう言って電話を切ろうとしたが、引き留められてしまった。

『待って、待って。最初に言った婚約者である拓真《たくま》さんと会う話、忘れていない？』

「セレブ婚にびっくりして、ちょっと忘れていたかも」

『もー！　拓真さんも、里菜お姉ちゃんにぜひとも会いたいって、言っているから』

「ええー、いいよ」

『遠慮しないで』

　いや、本当の本当に遠慮ではない。

『親戚である里菜お姉ちゃんに、挨拶したいんだって』

「親戚に挨拶したいんだったら、お盆にお祖父ちゃんの家に行けばいいのに」

『お盆シーズンは忙しいんだって。お客さんが増えるから、難しいって言われちゃったの』

「でも普通、従姉を紹介してほしいとか、言わないような？」

『里菜お姉ちゃんの話をしたら、一回会ってみたいって』

「いったい、なんの話をしたの？」

『追いかけっこをしていたら田んぼに転がり落ちて、ジャンボタニシが集まってきた話とか、自転車に乗っていたらうっかり側溝に突っ込んで、田んぼに落下した話とか』

「亜里砂の婚約者、私を面白人間だと思っていない？」

『そんなことないって』

どれも、小学生から中学生時代の話だ。よく、覚えていたなと感心する。私は今の今まで、子どもの頃の黒歴史なんてすっかり忘れていた。

『じゃあ、来週の日曜日に、よろしくね。場所は、またあとで決めるから』

「ちょっと待って。突然来週の日曜日とか言われても——」

手帳を開いて、スケジュールを確認する。日曜日には何も入っていなかった。

ここ最近、守屋さんと日曜日に約束して出かけることが多かったので、休みにしていたのだ。お客さんも、家族サービスをしていることが多いので、比較的暇な日が多かったし。

「あー、一応、休みだけれど」

『じゃあ、決まりね。詳しいことは、メールで送るね。また来週の日曜日に！』

電話はプツンと切れた。どうしてこうなったのか。頭を抱え込んでしまう。

守屋さんに、電話は終わりましたとメールする。すぐに、店の奥から出てきた。

「ありがとうございました」

言葉尻が重く、沈んでしまう。面倒くさい事態になった、というのが正直なところだ。

「いえ。何か、問題でも？」

「いや、まあ、そうですね。従妹がセレブ婚することになって、急に婚約者を紹介すると言われたものですから。断ったのに、どうしても会ってほしいって聞かなくて……」

「それは、大変な事態ですね。大丈夫ですか？」

私の声色があまりにも暗かったからだろう。心配させてしまった。

「よほど、自慢の婚約者なのでしょうね」

守屋さんの言葉に、苦笑いを返す。

気持ちはわからなくもない。有名なエステ会社の社長なのだ。紹介して回りたくもなるだろう。

まあ、ネイルの練習台になってあげる、という連絡よりは百倍マシだが。

「憂鬱そうですね」

「それはもう。私が粗相したら、大変な問題になるので。うちの親戚、けっこうアレコレと口出ししてきて、うるさいんです」

もしも、亜里砂の結婚がダメになったら、徹底的に原因を洗い出して、最終的に私と会ったからだと難癖を付けられる可能性だってあった。

「たぶん、ホテルのレストランとかに呼び出されて、居心地悪い中で紹介されるんですよ。とても憂鬱です」

どうせ、ドレスコードがあるお店だろう。フォーマルな服を用意したり、髪の毛を美容室でセットしたりと、準備だけで疲れそうだ。

「よろしかったら、ここの店で面会されては？」

「え、そんな。悪いですよ」

「開店前のこの時間だったら、周囲の目を気にする必要もありませんし」

腕を組み、眉間に皺を寄せて考える。

憂鬱な亜里砂の婚約者との面会時間も、守屋さんのお店でおいしいスイーツを食べていたら、気が紛れるのは確実だろう。けれど、お言葉に甘えていいものか。非常に悩ましい。

「遠慮なさらないでください。飲食していただけたら、店の売り上げにもなりますし」

ぐらぐらと心が揺らぐ。つい最近、麻衣のことで迷惑をかけたばかりなのに。これ以上迷惑はかけられないだろう。

どうしようかと迷っていたら、ダメ押しの一言を言われてしまった。

「佐久間さんが来てくれたら、嬉しいので」

癖である眼鏡のブリッジを押し上げる仕草をしつつ、そんなことをサラリと言ってくれる。

無表情から発せられた甘い言葉に、思わずコクンと頷いてしまった。

これは――アレだ。お客さんとして、スイーツ巡り仲間として、来てくれたら嬉しいという意味だろう。決して、個人的な深い感情から出た一言ではない。

「とっておきの氷を用意して、お待ちしております」

「えっと、じゃあ、お言葉に甘えて、従妹に、連絡しておきますので」

ぼーっとしたまま、この日は別れることとなった。

もしかしたら亜里砂は「Sランクホテルの、三つ星レストランじゃないと嫌！」なんて言うかもと思っていたが、フルーツパーラー『宝石果店』での面会をあっさりと受け入れてくれた。

日曜日の十一時に、面会となる。


バタバタする毎日を過ごしていたら、あっという間に当日になってしまった。

一応、恰好だけはきちんとしようと思い、クリーニングに出していたジョーゼットのワンピースを引っ張り出した。去年の春に、お呼ばれのパーティーに行くために思いきって買った一着だ。

髪は美容師が配信しているサイトの、『エレガントなアップスタイル』という動画を見ながら一生懸命結い上げた。力尽きるまで崩れるなという願いを込めながら、スプレーで固めておく。

化粧は華やかすぎず、地味すぎず、ほどよい感じに。

アクセサリーは伊勢参りに行ったときに買った、真珠のペンダントとピアスを着けていく。

普段は履かない、凶器かと思うくらい踵《かかと》の高いパンプスを履き、戦場に向かう武将の気分で家を出る。

駅から駅へと移動し、今日は贅沢にタクシーを使ってフルーツパーラー『宝石果店』まで移動した。

〝CLOSED〟の札がかかった店内を覗き込むと、中にいる守屋さんと目があった。

すぐに、開けてくれる。

「どうも」

「タクシーでいらしたのですね。言ってくれたら、車で迎えに行ったのですが」

「いやいや、お店を貸していただけるのに、そこまでしていただいたら、一生かかっても恩を返しきれません」

私の大げさな物言いに、守屋さんは笑う。私の発言が笑いのツボに入ったのか。先日よりももっと明るい笑顔を見せてくれた。

「佐久間さん、今日は、いつもと違う恰好なのですね」

「従妹に恥をかかせるわけにはいかないので」

「普段の佐久間さんも、すてきですよ」

守屋さんは商売人なので、リップサービスを欠かさない。もしも笑顔のまま言われたら私も浮かれていただろう。笑みを消し、眼鏡のブリッジを上げつつクールな感じで言うので、一種の営業なんだろうなと思うようにしている。

「あの、守屋さん、これ、よろしかったら」

差し出したのは、先日『プレズィール』のママにオススメされた一品。

お茶請けとして出されたのを食べたら、驚くほどおいしかったのだ。

「へえ、サクランボのコンフィチュールですか。珍しいですね」

「食べる宝石と呼ばれているらしいです。このお店に、ぴったりだと思いまして」

デパートに売っていると聞いたので、調べて買ってきた。

「その、守屋さんにはお世話になりっぱなしで、せめてものお礼と思いまして」

「ありがとうございます。嬉しいです。あとで、いただきますね」

「ええ」

喜んでくれたようで、ホッとする。これでチャラになったとは思っていない。引き続き、恩返しができたらなと考えている。

ソワソワと落ち着かない時間を過ごしていたが、約束の時間から十分経った頃に亜里砂と婚約者が到着した。

「里菜お姉ちゃん、ごめん。迷っちゃって。こんな路地を入り込んだ先にあるとは思ってなくて。お店も小さくてわかりづらかったし」

「亜里砂！」

守屋さんの前で、なんてことを言ってくれるのか。人差し指を口元に持っていき、口を慎めという仕草を取ったが、まったく伝わっていなかった。

亜里砂のマシンガントークの隣で、背の高い、顔が異常に整った男が、自信ありげな様子で微笑んでいた。彼が、話題の婚約者なのだろう。年頃は守屋さんと同じ、三十過ぎくらいか。

外国の血が入っているのかもしれない。色白の肌に瞳は青っぽい灰色だった。ヘイゼルカラーの髪を整髪剤で撫でつけ、全身イタリアの有名ブランドで固めているようだが、チャラさはまったく感じさせない。

セレブオーラをこれでもかと、発していた。

もしかしたら、亜里砂は騙されているのではとも考えていた。しかしこの人は、本物だろう。その辺の人とは、オーラが違っていた。

「拓真さん、彼女がこの前話した、従姉の里菜お姉ちゃん。里菜お姉ちゃん、この人が、婚約者の拓真さん」

「どうも、初めまして」

「里菜さん、お会いできて光栄です」

　亜里砂が名字を言わないので、名前で呼ばれてしまった。私も、婚約者の苗字を聞いていないので、「拓真さん」としか呼びかけられなくなってしまう。

　なんて雑な紹介をしてくれるのか。額を押さえ、一昔前の少女漫画のヒロインのように、白目を剝いて「ああ……！」と嘆きの声をもらしたのちに倒れてしまいたい。

　守屋さんがメニューを持ってきてくれる。

「わー、マンゴーフェアだって。どれもおいしそう！」

　そうなのだ。今日から、フルーツパーラー『宝石果店』では、マンゴーフェアを開催する。私の心はすでに、かき氷で固まっていた。

「何にしようかな。拓真さんはどうする？」

「ホットコーヒーにするよ」

「他に頼まないの？」

「甘いものは、イタリアで贔屓《ひいき》にしているホテルの、ラウンジのものしか食べないんだ」

「そうなんだ」

「亜里砂も今度、連れて行ってあげるよ。きっと、そこのスイーツしか食べられなくなる」

　それって不幸なことでは？　と思ったが、喉から出る前に呑み込んだ。空気を読め、空気を読めと自分に言い聞かせる。

ちなみに甘い物が食べたくなったら、すぐさまイタリアに飛ぶらしい。社長って暇なんだな、という感想しか出てこなかった。

一方、亜里砂は、目がハートになっていた。今は、どんな発言を聞いてもかっこよく思うのだろう。

「で、亜里砂は何を頼むの？」

「えっと、じゃあ、拓真さんと同じ、ホットコーヒーで」

お前もかい、という突っ込みも、ごくんと飲み込んだ。空気はきちんと読めたので、ホッとする。

「すみませーん」

セレブトークにうんざりしつつ、守屋さんを呼ぶ。

「はい」

「ホットコーヒー二つと紅茶を一つ。それからマンゴーのかき氷を大盛りでお願いします」

「かしこまりました」

亜里砂が「自分だけスイーツを頼んだ上に、大盛りを選ぶなんて信じられない」という目を向けていた。羨ましいのであれば、自分で注文してほしい。一口だって、分けてあげない。

ホットコーヒーと紅茶、マンゴーのかき氷大盛りが運ばれてきた。

大きなガラスの器に、山盛りの氷。上から、マンゴーソースがかけられ、生のマンゴーがこれでもかと載っている。追加でマンゴーソースがかけられるサービスもあるようだ。

「わー、おいしそうですね」

「頭がキンとなるので、ゆっくり召し上がってくださいね」

「はい、ありがとうございます」

さっそくいただく。スプーンで掬って、パクリと食べた。

かき氷は口に含んだ瞬間、泡雪のようにすっと消えてなくなる。氷自体が甘い理由は、ただの氷ではなく牛乳か何かを固まらせたものを削っているに違いない。

甘酸っぱいマンゴーソースと絡み合い、口の中を南国リゾートへと導いてくれる。生のマンゴーは驚くほど甘い。口の中で、とろーりとろける。最高のかき氷だった。

「里菜お姉ちゃん、もう、いい？」

「え、うん」

「あの、拓真さんはエステ会社を経営していてね」

肌がすべすべになったと、腕を差し出す。

二十代半ばの女性の肌なんて、エステをしなくてもすべすべツルツルだ。あえてする必要は感じなかったが、空気を悪くしたくないので触って素直な感想を述べる。

「亜里砂の肌、とってもすべすべ」

「でしょう?」

仕事は終わったとばかりに、かき氷の攻略を再開する。中を食べ進めていたら、濃厚なマンゴーアイスがでてきた。なんてものを仕込んでいるのか。守屋さんにありがとうございますと言いたい。

「それでね、里菜お姉ちゃんも、私みたいにすべすべの肌になりたいでしょう?」

「え?」

幸せな気分でマンゴーかき氷を食べていたのに、手が止まってしまう。

「あのね、拓真さんのサロンのパンフレットを持ってきたんだけれど」

亜里砂は勝手に私のマンゴーかき氷を端に寄せ、エステのパンフレットをテーブルの真ん中に広げる。

「私が今やっているのは、一年半コースなんだけれど、その前に一ヶ月お試しコースがいいかな?」

亜里砂が指し示す、一ヶ月お試しコースは一万円と書かれていた。

その隣の、一年半コースは百万円と書かれている。何をやったら、こんなにお金がかかるのか。

同時に、「なんか違う」と思ってしまった。

これは結婚相手を紹介する場ではなく、営業だ。普通、親族相手にこんなことはしないだろう。

もしかして、結婚詐欺なのでは？　という疑惑がじわじわ生まれる。

亜里砂を利用するだけ利用して、用が済んだら捨てる算段とか？

今現在、確認する術《すべ》はないが。

「亜里砂……これ」

「里菜お姉ちゃん、この一年半コースは、肌がきれいになるだけじゃなくて、美髪に美顔、骨格の矯正とか、いろんなコースが含まれているの。バラバラに申し込んだら、五百万円くらいかかるのが、コースで申し込むと百万円になるんだって」

言葉に詰まってしまった。亜里砂がじっと、不思議そうに私を見つめる。何か、反応しなければならないだろう。

かといって、「営業かーい！」なんて言葉は言ってはいけない。空気を読め、この場の、空気を。

何か言い返さなければ。咄嗟《とっさ》に浮かんだのは、通販番組だった。あの、過剰なまでの商品を持ち上げるリアクションを、真似してみた。

「アラー、スゴイ。トーッテモ、オ得ネー……」

自分でもダメだ、と思うほどの棒読みだった。しかし、亜里砂は気付かない。

「このコース、誰でも申し込めるわけじゃないの。特別な人にだけ、紹介してくれるんだって。里菜お姉ちゃんは、私が上京してきてから、ずっとお世話になっていたから、絶対、やってもらいたいと思っているの」

「ワア、スゴク、ウレシイ……！」

「施術をしてもらったら、すぐに効果がでるから。拓真さんも、とってもとってもきれいになったって、褒めてくれたんだ」

「ソウダネー」

もう、棒読みというより、片言の返ししかできない。誰か、亜里砂の営業トークを止めてほしい。

たしかに、亜里砂はきれいになった。けれど、それはエステの効果ではない。恋している女の子は、何もせずともおのずときれいになるのだ。

まさか、身内がこういうのに引っかかるとは。極めて遺憾である。

それにしても、純粋な亜里砂相手によくも高額なローンを組ませるような商売をしてくれて……！

相手にするのもばかばかしいが、この場では責めないほうがいいだろう。

抗議の意味を込めて、婚約者を睨む。すると、爽やかな笑みを浮かべながら言った。

「里菜さんは亜里砂の従姉なので、特別に十パーセント割引しますよ」

「ヤダー、サラニ、オ安クナルノー！」

ふと、視界の端に映る守屋さんが、ブルブルと肩を震わせていることに気付いた。

別に、笑わせているわけではないのだが。

残念ながら、亜里砂はこの状況がおかしいと気付いていない。善意で、私に高額エステを勧めているのだ。

素早くテーブルの上のパンフレットを回収し、一つにまとめる。ファイルに挟み、笑顔で今後の方向性を口にした。

「一度、検討させていただきます」

亜里砂の婚約者は、満足げな表情で頷いた。

「あの、名刺をいただいてもよろしいでしょうか？」

「ああ、構わないよ」

胸ポケットから取り出された名刺を、受け取る。

美容サロン『コンプリート・ビューティー』代表取締役社長　拓真・ダニロ・アッファイターティ。

やはり、外国人の血が入っているようだ。名前の響きから、イタリア人か。

私の名刺は返さない。個人情報を知られたら、厄介事に巻き込まれる可能性がある。

「すみません、名刺を忘れてしまって」

「では、後日に」

「里菜お姉ちゃんが、ネイリストをしているのはこの前拓真さんにも話したよね？

とっても上手なんだー。私の結婚式のときも、宝石を付けたブライダルネイルをして
もらう予定だから。お願いね、里菜お姉ちゃん！」

「あ、うん……」

こんなときだけ、亜里砂は私の微妙な返しに反応する。

「何？　なんか、嫌そう」

「そんなことないって」

「練習台を名乗り出たことを、怒っているんでしょう？　それは、謝るから」

驚いた。まさか、謝罪されるとは。

「拓真さんに、怒られたんだ。そういうのは、自分から名乗り出るものではないって。

頼まれたら、するものだってね」

「へえ」

詐欺エステのグループの一員かと思っていたけれど、もしかしたら本当にまっとう
な人なのか。

よく考えたら、セレブ界隈では百万円のエステなんて、ごくごくありふれたものなのかもしれない。

婚約者である拓真・ダニロ・アッファイターティについても、所作や物腰など、育ちが良さそうに見える。

「では、里菜さん。また後日、ご連絡を」

引きつっているであろう笑みを浮かべつつ、幸せそうに腕を組んで歩く二人を見送った。

二人が店を去ってすぐ、守屋さんに抗議されてしまう。

「佐久間さん、笑わせないでください」

「ウケは狙っていません」

力なく椅子に腰掛け、目の前の溶けかけたかき氷を引き寄せる。

「新しいものを、作りましょうか？」

「いいえ、大丈夫です」

完全に溶けきる前に、気合いと根性で食べきった。頭がキーンとなっていた私に、守屋さんはホットミルクを持ってきてくれた。

「どうぞ。紅茶はもう冷めているでしょう？」

「ありがとうございます……生き返ります」

急いで食べたので体は冷えてしまったが、マンゴーかき氷は最高においしかった。さすが、こだわりのフルーツを使ったかき氷。最高すぎる。

亜里砂の婚約者との面会さえなければ、スキップしながら帰っていただろう。

「それにしても、どうして、あんな人を選んじゃったのかな……」

もしかしたら、親戚に営業するのは、セレブあるあるなのかもしれない。けれど、庶民の感覚からしたら、「ありえない」の一言である。

イケメンで育ちが良さそうで、若くして会社の社長を務めている。結婚相手としては申し分ない。けれど、亜里砂と婚約者では、明らかに家格が違いすぎる。価値観だって、天と地ほども違うだろう。

結婚してから、亜里砂が親戚付き合いで苦労することは、目に見えていた。

「若い女性が惹かれそうな、外見をしていましたからね」

「ですね」

「佐久間さんも、あのようなお方に惹かれるのですか？」

「いいえ、私はもっと、小さな幸せを一緒に喜んでくれるような、素朴な人がいいです」

「小さな幸せとは、具体的にどのようなことなのですか？」

「うーん。休日に二度寝したり、ネイルを施してお客さんに喜んでもらったり、最近だと、『宝石果店』の一押しメニューを食べるときとか。あと、行列に挑んだあと食べる、季節のとっておきスイーツとか！」

この前食べた、サクランボのミルフィーユは本当においしかった。また食べたいけれど、一人で行列に挑むのは気が引ける。

最初は女性が多いお店に入れない守屋さんに付き合う目的だったが、今ではそれを楽しみにしている自分がいた。

「守屋さんが探してくるお店のスイーツ、全部おいしいんですよね。行列が長ければ長いほど、燃えますし」

守屋さんの表情が柔らかくなる。最近、いろいろな表情を見せてくれるようになった。果物の話をするとき以外にも、表情に変化があるようになったのは嬉しい。

この現象をどのように喩《たと》えたらいいのか。

おもちゃのボールを持っているときだけ尻尾を振るシベリアンハスキーが、しだいに私が来ただけで尻尾を振ってくれるようになったみたいな。

……いや、なんか違うか。

「佐久間さん、どうかしたのですか？」

「な、なんでもないです。とにかく、行列に並ぶのも含めて楽しんでいるので、どうかお気になさらず」

「そのようにおっしゃっていただけて、ホッとしました。行列の待機時間が、負担だろうなと、申し訳なく思ってしまって」

「あ、私、行列大丈夫なんです。テーマパークとかでも、ふつうに三時間とか待ちますし」

三時間も待機できるのは、意外だったのだろう。目を丸くしている。これは友人にも、驚かれたことがある。

「三時間はすごいですね」

「友達はさすがに、うんざりしていましたが」

「そういえば、テーマパークに行ったカップルが別れる理由が、アトラクションの長すぎる行列だと耳にしたことがあります」

「あー、みたいですね」

行列は長ければ長いほど、時間が無駄に過ぎていく。行列に並んだ先に得るものはあるかもしれないが、並んでいる時間に価値を見いだせる人はあまり多くないのかもしれない。

行列にイライラしたり、うんざりしたり、もう帰ろうとか言い出したりと、一緒に並んだ人物の違った面を垣間見ることができる。

年若い恋人達には別れの理由になるのかもしれない。だが、私はそれがちょっぴり楽しみだったりする。なかなか、人の本性を見る機会なんてないので。

「守屋さんは、行列は平気なんですか？」

「得意ではありませんが、最近は佐久間さんがいるので、苦にならなくなりました」

眼鏡のブリッジを指先で押し上げながら、守屋さんは言いきる。

なんだか恥ずかしくなって、話題を大きく逸らした。

「それはそうと、さっきのエステサロンの社長についてどう思いますか？」

「まだ、なんとも言えないですね」

本当のセレブ婚だったら、百万円のコースをこなしたのちに結婚するというのはありえる話だろう。

ただ、亜里砂が私を紹介するだけの席で、同じように百万円のコースを勧めるだろうか。セレブではないので、判断が難しい。

守屋さん自身の見解に耳を傾ける。

「まあ、率直に言わせてもらうと、親戚にあのような商売を持ちかけることは、ありえないです。初対面であれば、なおさらのこと。本当に結婚するつもりだったとしたら、今、彼はお金に困っている状態でしょう」

「社長というのは嘘、というわけではないですよね？」

「判断が難しいですね。裕福な家庭に育ったようには見えました。ただ――」

「ただ？」

守屋さんは顎に手を当て、推理小説の探偵のように語り始める。

「彼の着ていたスーツは、イタリアの老舗ブランドで、高価な品であることには間違いないのですが——既製品でした。儲かっている会社の社長クラスであれば、オーダーメイドしてもおかしくない気もしますが」

「よく、既製品だとわかりましたね」

「サイズが微妙に合っていなかったので。一番わかりやすいのは、手を伸ばしたときに、シャツの袖口が一センチくらい出るのですが」

「出ていなかったと？」

「ええ。少々、ジャケットが大きかったようですね」

他にも、ボタンを留めたジャケットに皺が寄りすぎていたり、ズボンが長かったりと、スーツの着こなしは詳しい人が見たら、体に合っているか、いないかというのは一目瞭然らしい。

「外国の方は、とくにスーツにはこだわりますからね。ブランドだけでなく、着こなしも」

私は「高そうなスーツだな。さすが、セレブ」と思うばかりだったが、注目すべき点はそこだけではなかったようだ。

守屋さんのスーツ姿も、きちっとしていて、立ち姿がかっこ良かった。いろいろ詳しそうなので、今度改めて守屋さんのスーツ姿を見てみたいと思う。

「まあしかし、スーツの仕立てのよさに気付いても、着こなしまで気付く人はあまりいないと思われます」

「ですね」

婚約者は、セレブアピールをする目的でブランドスーツを着てきたのか。

私に、エステのローンを組ませるために？

問題は、結婚詐欺なのか。それとも、二人とも愛し合っていて、結婚もするけれど、エステの営業もしたいのか。

後者だったら、まあ、仕方がない。ローンはきっぱり断ればいいだけの話。

しかし、もしも前者だったら、大問題だろう。

「佐久間さん、サロンの名前、なんでしたっけ？」

「美容サロン『コンプリート・ビューティー』です。代表取締役社長である彼の名前は、拓真・ダニロ・アッファイターティ」

「ちょっと調べてみますね」

「すみません、また、変なことに巻き込んでしまって」

「いえ、お気になさらず。好奇心からの行動ですので」

深々と頭を下げ、感謝の言葉を伝える。

これから、開店準備があるだろう。邪魔してはいけない。

「あの、本当にありがとうございました。また」

「あ、佐久間さん」

「はい？」

「来週の日曜日も、会えますか？　期間限定の桃のスイーツのお店を見つけて」

守屋さんの癖である、眼鏡のブリッジを押し上げながら聞いてくる。

「桃ですか、いいですね」

「では、待ち合わせの場所など、あとで連絡しますね」

「はい」

守屋さんとは笑顔で別れたが、私の心にモヤモヤは残る。

亜里砂が泣くような事態にならないといいけれど……。

◇◇◇

外は晴天。すがすがしい初夏の朝だ。

太陽の光を浴びて、背伸びする。昨日はお休みだったのに、いまいち休んだ気がしないのは、亜里砂の婚約者に会ったからだろう。

出会って早々、百万円のコースを勧めてくる婚約者とは、何者なのだろうか。

妙な事件に巻き込まれていないといいが。

今日も朝からお客さんのもとにネイルをしに行く。向かった先は、銀座にあるキャバクラ『プレズィール』。

ママにネイルのオフと、新しいネイルをするように依頼されていたのだ。

裏口から入ると、以前飯島氏に言いよられて困っていた真莉愛さんが出迎えてくれた。

「あ、真莉愛さん。おはようございます」

「おはよう」

長い金髪を巻き、人魚のようなドレスを着た真莉愛さんは大変美人だ。朝から、目に痛いほどの目映《まばゆ》さを放っている。

昨晩、閉店後に仮眠室で眠り、朝を迎えていたらしい。

着替えもせずに、化粧も落とさずに寝ていたのだとか。それでも美しい状態を保っているのが、逆にすごい。これからシャワーを浴びて、帰るという。

そういえば、あれから飯島氏はどうなったのか。聞いていいのか悪いのか、迷っていたら真莉愛さんのほうから話しかけてきた。

「あ、そうそう。この前の困ったお客さん、ぱったり来なくなって。もしかして、逮捕されたの？」

「いえ、逮捕はされていないですが」

「そっちの問題も、解決したの？」

「ええ、おかげさまで。ご協力、ありがとうございました」

「いえいえ。こちらこそ、だよ。本当にしつこくて、困っていたから」

ここで、真莉愛さんの夢が明らかになる。なんでも、美容師を目指し、専門学校に行く学費を貯めているようだ。

「私が美容師になりたいって飯島に言ったのが、間違いだったのかも。先輩風吹かせて、付け入られてしまったんだよね。本当に最悪だった。おいそれと、夢を語るべきじゃなかったなって、反省している」

「そう、だったのですね」

私が真莉愛さんの夢を聞いてよかったのか。ちらりと見たら、にっこり微笑んでくれた。

「佐久間さんは、すごいよね。前に勤めていたお店って、予約が取りにくい超人気店だったのに、サックリ辞めてフリーでネイリストをしているなんて。ママさんから聞いて、驚いちゃった」

「まあ、いろいろ人間関係が複雑で……」

「そう。働くときの人間関係って、とっても重要。正直、飯島から言い寄られて面倒になって、キャバクラ辞めようとも思ったんだけれど、この仕事が嫌いじゃないし、ママさんや同僚とは仲いいし……。佐久間さんの働きっぷりを見ていたら、もうちょっと頑張ろうって思ったよ」

私の頑張りが誰かを励まし、奮い立たせているなんて嬉しいことだ。なんだか、朝から元気をもらった。

「今度、佐久間さんにネイルを頼んでもいい？　あ、紹介制なんだっけ？　ママさんに言ったほうがいいのかな？」

「いえ、真莉愛さんとは、もうお知り合いなので」

名刺を取り出し、真莉愛さんに差し出した。

「いつでも呼び出してください」

「いつでもって、なかなか予約取れないって、ママさんが嘆いているの何回か聞いたんだけれど？」

「えっと、なるべく行けるよう、頑張ります」

「うん、よろしくね」

真莉愛さんも、名刺を差し出してくれた。ピンクの薔薇《ばら》模様に、名前や連絡先が金で箔押《はくお》しされている特別製だ。キラキラしていて、非常に眩しい。

　真莉愛さんと別れたあと、ママが待つ部屋に向かった。

「里菜ちゃん、おはよう」

「おはようございます」

「ごめんなさいね、朝から呼び出して」

「いえ。早起きは三文の得といいますし」

　実際、真莉愛さんがお客さんになってくれるというので、顧客ゲットという得があった。

「えっと、今日は付け替えオフでしたね」

「ええ、お願い」

　オフというのは、現在施されているネイルを取り外す作業のことだ。付け替えオフは、ネイルを取り外し、新しくネイルをすることを示す。

　普通のネイルは除光液で取れるが、ジェルネイルやスカルプチュアは削って取り外したり、専用の溶剤に浸けたりと、技術が必要となる。素人が無理矢理剝がすと、自爪が傷ついたり、表面が剝がれたりと、爪にダメージを与えてしまうので、こうしてネイルを外す作業がメニューにあるのだ。

「では、始めますね」

まず、ネイルのオフから。今回はソフトジェルだったので、溶剤できれいに落とせる。

ネイルのオフが完了となれば、コースの中に入っている手のパックに移る。

美容ローションをたっぷり染みこませたガーゼを二重に手に巻き、ビニールの手袋を嵌める。十分ほど放置したら、すべすべの手になる。

「里菜ちゃんにこれをしてもらうと、本当に手がきれいになるのよね。自分でもしようと思うんだけれど、忙しくて続かないのよ」

「私はお風呂で半身浴するときに、しています」

「そっか、お風呂か。今度、試してみるわ」

続いて、手のマッサージを行う。手のひらから指先にかけて、さまざまなツボがある。

親指の関節部分には、『眼点』という、眼精疲労に効く目のツボがある。他にも、肩や胃、腸、それから自律神経を整えるツボもあるのだ。

手全体をマッサージすると、血色もよくなる。毎回、お客さんにも喜んでもらっている。

ここでやっと、爪の施術に移れる。手を温めてキューティクルケアを行ったのちに、ネイルを塗る。

「今日はどんな感じにしますか？」

「夏っぽい、明るくてトロピカルな感じにしようかしら？」

「お任せください」

いそいそと、新作ネイルの見本を取り出す。この前、『宝石果店』で食べたマンゴーかき氷をイメージしたネイルがあるのだ。

オレンジ色のジェルネイルをグラデーションに塗り、ビジューを散らして氷感をイメージしたネイルである。

「これなんかいかがですか？」

「まあ、すてき。イメージ通りだわ。お願いできる？」

「かしこまりました」

ママが新作を気に入ってくれて、とても嬉しい。はやる気持ちを抑え、丁寧にネイルを施す。

オフから二時間ほどで、ネイルが完成となった。

「里菜ちゃん、ありがとう」

「いえいえ」

施術が終わると、『プレズィール』自慢のスイーツをふるまってくれた。メロンの生ジュースと、メロンのタルトである。

メロンジュースは、果汁百パーセントというなんとも贅沢なものだった。

「はー、おいしい！　至高の一杯ですね」

「お店では、一杯五千円で出しているの」

「大事に飲みます」

メロンのスイーツは昨日で終わりで、今日から、トロピカルフルーツを使ったスイーツを出すのだとか。

「メインはマンゴーなの。それから、グァバにスターフルーツ、ライチ、パイナップルにバナナ、まあ、いろいろね」

新作発表の当日は、予約でいっぱいになるらしい。

「明らかに、女の子のファンより、スイーツファンが多いのよね」

「それも、『プレズィール』らしいですよね」

「本当に」

「そういえばママ、なんか、肌つやがいいですね」

「そう？」

「何か化粧品を変えたのですか？」

「いいえ。何もしていないの、って言いたいところだけれど」

ママは引き出しの中から、パンフレットを取り出す。

「実は最近、エステに通っているの」

ママがテーブルに広げたのは、見覚えあるサロンのものだった。

「そ、それは、『コンプリート・ビューティー』⁉」

「あら、里菜ちゃんも知っているのね」

「え、ええ。コマーシャルでよく見かけますし」

なんと、ママは亜里砂の婚約者が経営する『コンプリート・ビューティー』に通っているようだ。お店の女の子に紹介してもらったらしい。

「一回三千円のお試しコースをしたら、案外よさげだったから、三ヶ月コースを申し込んでみたの」

「でも、美容サロンのコースって、高いんですよね？」

「いいえ、そんなことないわ。『コンプリート・ビューティー』は大衆向けっていうの？　高級サロンじゃないから」

「高級サロン、じゃない？」

「ええ。高くても、一年コースで三十万とか、そんな感じだったかしら？」

「一年で、三十万⁉」

「ええ。エステサロンにしたら、かなり安いほうなの」

亜里砂が勧めた百万円のコースはなんだったのか。目の前のパンフレットには、見当たらない。そもそも、この前貰ったパンフレットとデザインからして作りが違う。

特別だと言っていたので、もしかしたら通常のメニューにはない可能性も高いけれど。


「あ、あの、このパンフレット、コピーをさせていただいても？」

「必要ないから、あげるわ。もしかして、里菜ちゃんも興味があるの？」

「ええ。ちょっと、検討しようかな、と」

「里菜ちゃんには、必要ないかもしれないけれど。まあ、若い時からメンテナンスをしていたら、いいとも聞くし」

「ええ、そうですね」

「でも、一番肌が輝くのは、恋をすることよ」

「私もそう思います」

亜里砂はぐっと、きれいになっていた。恋をしているからだろう。

婚約者は白馬に乗った王子様であったが、どうにもワケアリくさい。

「里菜ちゃんの彼とは、順調なの？」

「へ？」

急に、真顔になってしまう。彼とは誰だ。彼とは。

「イヤねえ。ポカンとしちゃって。この前お店に連れてきていた、眼鏡をかけた、真面目そうな人よ」

「あの人は、彼氏じゃないって言いましたよね？」

「でも、この前、新宿のほうで一緒に歩いているのを、見ちゃったのよね。デートよね？　かなり親密そうに見えたけれど」

「いや、あれは、単に……」

毎週のように、スイーツを食べに出かけているだけだ。詳しく説明したら、デートにしか聞こえないので言わない。

「ごめんなさいね。こういう話、大好きなの。今度、詳しく聞かせてね」

「ママが満足するような関係ではないと思うけれど」

ぐったりしつつ、『プレズィール』をあとにした。

外に出て、スマホを確認するとメールが一件入っていた。守屋さんからだ。『コンプリート・ビューティー』について話をしたいとのこと。ちょうど近くにいるので、守屋さんのお店に寄ることにした。

フルーツパーラーの『宝石果店』の営業は、火曜日と水曜日が定休日で、木曜日から土曜日が十一時から十七時まで。日曜日と月曜日は、十七時から二十三時まで営業している。

たった一人でやっているというわけではなく、たまに知り合いのパティシエを呼んで手伝ってもらっているようだ。一度も会ったことはないけれど。

　今日は月曜日で夕方からの営業だが、仕込みをするために朝からせっせと働いていたらしい。一段落付いたので、連絡してくれたようだ。

『プレズィール』から徒歩十五分ほどで到着する。

「どうも、昨日ぶりです」

「佐久間さん、すみません、呼び出してしまって」

「いえ、近くにいたので」

　カウンター席に腰かけたら、飲み物が出てくる。

「桃のフレーバーティーです」

「わーっ、いい香り！」

「アイスのほうがよかったですか？」

「いえ、このままいただきます」

　もう一品、出てくる。

「これ、昨日佐久間さんにいただいた、サクランボのコンフィチュールがあまりにもおいしかったので、自分でも作ってみたんです。よろしかったら、召し上がってください。今作ったばかりなので、アツアツですが」

「ありがとうございます」

サクランボのコンフィチュールに、クラッカーが添えられている。スプーンで掬い、上に載せて頬張った。

サクサクのクラッカーに、フレッシュなサクランボのコンフィチュールが合わさっただけで、高級なスイーツを食べているように錯覚してしまう。まだ温かいからか、お酒の風味がしっかり効いていた。大人の味わいである。

「おいしいです……！」

「よかった」

守屋さんも隣に腰かけ、桃のフレーバーティーを飲んでホッと息をついていた。

このお店は居心地がいい。ぼーっと過ごすのに最適だ。

と、このようにまったりのんびりしている場合ではない。本題へと移らなければ。

「あの、『コンプリート・ビューティー』について、何かお話があるんですよね？」

「ええ。昨晩、いろいろと調べてみたのですが――」

まず、亜里砂の婚約者が詐欺グループの一員ではと疑い、パソコンで検索をかけてみたようだ。

「結果、『コンプリート・ビューティー』の代表取締役社長、拓真・ダニロ・アッファイターティという男は実際に存在することがわかりました」

守屋さんは、一枚のプリントアウトした紙を差し出す。そこにいたのは、春の叙勲式に参加する婚約者の写真である。今より、若く見えた。

「これは、今から十年前の写真です。政府主催の催しですので、怪しい身分の者でないことは、確かでしょう」

「だったら、あの百万円のコースは、セレブの嗜《たしな》み、という認識でいいのでしょうか？」

「まあ、そう、ですね」

守屋さんは、そこからさらに詳しい情報を調べたようだ。

「なんでも、『コンプリート・ビューティー』は十年前までセレブ御用達だったようです。しかし、経営破綻寸前になって、高級志向から、庶民志向に方向性を変えて、店舗数を増やした結果、なんとか盛り返したみたいで」

鞄の中から、『プレズィール』のママからもらったパンフレットと、昨日亜里砂から押しつけられたパンフレットを取り出してみた。

「こちらは、店舗で配布されているパンフレットだそうです。百万円のコースなんて、存在しません。高くても、三十万くらいだとか。庶民志向になった『コンプリート・ビューティー』本来のパンフレットなのでしょうね」

守屋さんは神妙な面持ちで頷く。

「昨日のパンフレットにあったのは、もともとのセレブ志向のコースなのでしょう。

百万円のコースは、一部の顧客に特別感を出して紹介しているのかもしれません」

亜里砂もそんな話をしていたので、間違いないだろう。

なんとなく、バラバラだった点と点が、一つに繋がったような、繋がっていないような。

「ってことは、安心していい、ということでしょうか？」

「どうでしょう？　親戚を紹介する場で高級エステコースをいきなり勧めるというのは、普通の感覚ではありえないかと」

腕を組んで考える。なぜ、彼は亜里砂が私に百万円のコースを勧めるように仕向けたのだろうか。

「あ、もしかして、母親に貰った高額なアクセサリーを付けてパーティーに参加したから、でしょうか？」

亜里砂の母親の実家はお金持ちなのだ。そのため、嫁入りの時に宝飾類を持たされていたのだろう。

「でしたら、それを見て、婚約者はお金持ちの一族だと思った可能性もありますね」

もしも、亜里砂が祖父に頼んだら、エステ代の百万円くらいぽーんと出すだろう。私がねだっても、「自分で稼げ！」と一喝されて終わるに違いないが。

「うーん。破産寸前の会社は盛り返しているものの、財政状況はそこまでいいものではないと」

「そう考えていいのかもしれません。ただ――」

「ただ？」

守屋さんは眉間に深い皺を寄せつつ「理解できないことですが」、と前置きをしてから話し始める。

「二人は本当に愛し合っていて、金策に出ている可能性も無視できません」

「ですよね」

「そういう場合、頼る相手は縁が続く親族ではなく、後腐れのないような縁の薄い友人や知人に頼むものですが」

人の感情だけは、推し量れない。いくら考えても、答えはでないだろう。

「唯一わかることは、その結婚、本当に大丈夫なの、という疑問だけですね」

私の言葉に、守屋さんは険しい表情のまま頷いた。

ひとまず、あの社長は結婚相手として、進んで祝福できない。この先会社に何かあったとき、亜里砂がお金の工面をすることになったら気の毒すぎる。

「たぶん、私が忠告しても聞かないと思います」

「難しい問題ですね」

いったいどうすればいいのか。まず、母に相談して、それから父に話してもらえばいいのか。

それとも、直接私のほうから亜里砂に話すべきなのか。

言い方を間違えないようにしないと、亜里砂の結婚が妬ましくて嫌みを言っていると思われかねない。

「守屋さん、いろいろとありがとうございました」

「いいえ。あの、大丈夫ですか？」

「はい」

特大の憂鬱を抱え、私は『宝石果店』をあとにした。


それから一週間後、話があると亜里砂から連絡があった。

どうせ、百万円のコースを受けるか否かの答えを聞きたいのだろう。

守屋さんから、「もしも話をするときはうちで」と言われていたので、待ち合わせのお店を『宝石果店』にする。

約束の時間にやってきた亜里砂は、酷く元気がなかった。

「亜里砂、婚約者と喧嘩でもしたの？」

「ううん、別れた」

「え⁉」

まさかの急展開である。あんなに仲睦まじい様子だったのに、あっさり婚約は破棄されたようだ。

「な、なんで別れたの⁉」

「ウェディングドレスの試着に拓真さんと行きたかったのだけれど、その日は行けないって言われて、予約入れちゃっていたから一人でホテルに行ったんだ」

がっかりしつつの試着だったが、それなりに楽しくドレスを着たらしい。そして、最終的な判断は婚約者に決めてもらおう。そんなことを考えつつ、帰ろうとしていたら、亜里砂の婚約者が知らない若い女性と腕を組み、ホテルのエレベーターに乗って消えていったのを見てしまったという。

ウェディングドレスの試着をどこでするか亜里砂は伝えていたようだが、相手はうっかり失念していたようである。

「何か、仕事の打ち合わせだったのでは？」

「そういう雰囲気じゃなかった。すごく、親密そうだったし」

亜里砂の眦《まなじり》に、涙がじわりと浮かんだ。

「それで、どうしたの？」

「二人が別れたあと、女の後を追いかけたの」

「え、なんで⁉」

「SNSのアカウントを、知りたくて」

「どういうこと?」

なぜ、浮気相手の女のSNSのアカウントを知るために後を追うのか。続けて話を聞く。

「女は美容室に行って、出された紅茶の写真を撮っていたの。そこから、店名が付いたハッシュタグを探したら、女のアカウントはあっさり見つかった」

「こ、怖っ……!」

SNSにお店の写真を載せるときは、なるべくその場でしないほうがいいようだ。

驚くほど簡単に、身バレする。

「そこから、拓真さんが私に会えないと言った日を調べていったら、すぐに拓真さんらしき人と思われる写真を見つけたんだ。ハッシュタグは、恋人と夕食」

「ヒエッ!」

なぜ、女性のSNSアカウントを特定しようとしたのか謎だったが、そういうことだったのかと納得した。それにしても、イマドキ女子の浮気チェックの方法はえげつない。

「拓真さん、二股していたの。その女の人にも、百万円のエステコースを申し込ませていたみたいで。でも、女のほうは恋人で、私は婚約者。立場が上だから大丈夫って、思い込もうとしていたの」

「な、なんで？　婚約者の他に恋人がいるとか、かなりぶっとんでいる状態だと思うけれど」

私の疑問に、亜里砂はキョトンとする。亜里砂にとって、それは大きな問題ではなかったらしい。

「だって、うちの社長とか、常務とか、普通に愛人がいるし」

「ええー」

なんでも、社長命令で愛人と共に行くレストランを予約したり、車を手配したり、社長夫人と出先で鉢合わせにならないようスケジュールを調節したりしていたらしい。

「秘書って、そんなことまでするんだ」

「まあ、普通はしないと思うんだけれど、命令されたら断れないから」

「はあ……」

そんなわけで、亜里砂はある程度、自分以外の女がいるであろう覚悟は固めていたようだ。

「でも――」

いざそのような状況になると、我慢できるものではない。当たり前だろう。亜里砂はすぐに、追及をしに行ったようだ。

「拓真さんは、そんな女知らないって。見間違いだって言い張って……！」

亜里砂はそこで引き下がらず、スマートフォンを交換しようと提案したらしい。

「私はメールボックスも、通話履歴も、見られても平気だった。でも、それはできないって、言われちゃったんだよね」

この件は、亜里砂にとって特大の地雷だったようだ。

「なんかこういうの、バレないでしてほしいよね。いたとしても、私が一番だって、完璧にふるまってほしかった。最悪バレたとしても、きちんと認めて、謝罪してほしかった。正直に言ってくれたら、許してあげたのに……！」

亜里砂は唇を噛みしめ、悲しさと悔しさが入り交じった表情を浮かべていた。

こういうとき、どんな言葉をかけてあげたらいいかわからなくなる。

「私の、男を見る目が足りなかったんだね」

女性達に甘い言葉をはき、お金を巻き上げるとんでもないクズ男だったようだ。呆れて言葉も出ない。

亜里砂はその場で見切りを付け、婚約とエステコースの解約を迫ったようだ。

「婚約解消には、あっさり応じたんだけれど、百万円のエステのコースは入金済みでコースも始まったから、契約の解除はできないって言われて。お祖父ちゃんから、結婚祝いだってもらったお祝い金だったのに」

やはり、祖父は亜里砂に百万円を出していたようだ。自分の懐は痛まないけれど、百万円を無駄にするのは辛い。

「何回か話し合おうってメールを送ったのに、返信がなくて。電話にも、でないの。でも、エステの時間受付のメールは届くし、もったいないから百万円分エステに通わなければいけなくて……！」

亜里砂は手をぎゅっと握り、唇を噛む。我慢しているようだったが、眦から涙がポタリと落ちた。

「拓真さんと別れたのに、エステできれいになるって、バカみたい。私、なんで契約なんかしちゃったんだろう。まさか、解約できないなんて――」

「できますよ、解約」

天の助けの声かと思ったが、守屋さんだった。目が合うと、眼鏡のブリッジを指先で軽く押し上げていた。

亜里砂はポカンとした表情で、守屋さんを見る。

「え？」

「特定商取引法はご存じですか？」

「特定商、取引法？」

特定商取引法――高校のときに授業で習った気がするけれど、ざっくりとした知識しかない。大人しく、守屋さんの説明を聞く。

「ええ。簡単に説明すると、ありとあらゆる悪質、違法な商売から、消費者を守る法律です。もしも法律を守らない場合は、行政処分や刑事罰に処されます」

「もしかして、エステのコースを解約できる決まりがあるの？」

「契約金の総額が五万円以上で、結んだ契約期間が一ヶ月以上のコースは、いかなる事情があっても、途中で解約が可能です」

亜里砂の表情がパッと明るくなるが、守屋さんはすかさずあることを付け加えた。

「解約したら、施術を受けていない期間分の金額が返ってくるでしょう。しかし、その前に、契約したエステサロンに、解約による損害賠償金を支払わなければなりません」

「そ、そんな～！」

「法律で定められていることです」

法律は誰もが平和に暮らしていけるよう、平等に定められている。契約を結んだ以上、亜里砂にも責任があるのだろう。

「金額は決まっていて、二万円か、契約したコースの残額の十分の一のどちらか安いほうを支払わなければならないようです」

「あ、なんだ。上限は、二万円なんだ……」

損害賠償と言われて構えた亜里砂であったが、思っていたよりも低い金額だったためホッとしていた。

「そっか。解約できるんだ。よかったー」

婚約を解消した上に、高額エステのコースに通わなければならず、辛い現実を前に亜里砂は絶望していた。でも代金のほとんどが返金されるとわかったので、涙は引っ込んでいったようだ。

「あ、でも、拓真さんに連絡がまったく付かないんだけれど。本当に解約してくれるのかな？」

「そういうときは、郵便局から内容証明を送ればいいのです。無視できませんから」

「内容証明って、何ですか？」

「差出人がどういう内容の書面を送ったか、郵便局が謄本を作り、証明してくれる制度です」

「内容証明で送ったら、無視できなくなるの？」

「いいえ。内容証明自体に、そのような力はありません。ただ、内容証明で送られたものは、数日以内に対処しないと裁判を起こすかもしれないという、強い意思を相手方に訴えることができるのです」

「な、なるほどー。内容証明、強い！」

亜里砂は守屋さんの言ったことを、高速でスマホのメモに打ち込んでいた。メモ帳に手書きじゃないところが、イマドキの子である。

打ち終えた亜里砂は元気よく立ち上がり、守屋さんに深々と頭を下げた。

「親切に教えてくれて、本当に、ありがとう」

「いえ。ご自分でも、一度調べてみてください」

「はい！」

今度は、私に向き直る。

「里菜お姉ちゃんも、ありがとう。それから、ごめんなさい」

「え？」

「今まで、失礼なことをしていたみたいで」

「ああ……いくつか、心当たりが……」

「えっ、そんなに？　里菜お姉ちゃんの分のアイスクリームを食べたこと？　それとも毎回スイカの真ん中を食べていたこと？　たしかにたくさんあるかも……」

これだから、お姫様は困るのだ。親戚同士の集まりでは、姉妹でもないのに「里菜ちゃんはお姉ちゃんだから、ちょっぴり我慢してね」なんて言われたことも覚えている。食べ物の恨みは、根が深いのだ。覚えておいてほしい。

「私、里菜お姉ちゃんが羨ましかったんだ」

「え、なんで？」

疑問符が雨のように降り注いでくる。

父親に親戚の集まりの笑いのネタにされ、肩身が狭い思いをしている私のどこが羨ましいというのだ。

「里菜お姉ちゃんは学生時代から成績がよくて、友達もいっぱいいるし、自分の言いたいことも言えて、いいなって」

「羨ましいって、そんなこと？」

「うん。だって私は、成績があまりよくなくて、里菜お姉ちゃんは進学校に入ったのに、お前はいくつもランクが劣る学校に入ってーとか、お父さんにグチグチ言われていたんだ。里菜お姉ちゃんのＳＮＳを見ていたら、友達と毎週出かけていて、おいしそうなスイーツを食べているし、親戚で集まったときだって、お酌してくれとか、お酒持ってこいって叔父さんに言われても、〝お手伝いさんじゃないんで、自分でどうぞ！　私はカニ食べるので忙しいです〟とか堂々と言っていて、羨ましいって思ったんだよ」

「まあ、うん……」

進学校に入れたのは奇跡で、レベルの高さに三年間苦しい思いをしたので、よかったのかどうかは未だに謎である。おかげさまで、常にガリ勉だった。

毎週スイーツを食べる友達は、守屋さんだ。学生時代の友人は、一ヶ月から二ヶ月の間に一度会う程度である。それにしても、亜里砂に私生活を載せたSNSがバレていたとは。恐ろしい子。

カニについては、帰ったあと父に叱られた。新年会で、お酌するより大事なことはないと。「だったら、カニ汁にまみれた手で、お酌をして回ればよかったね」と言ったら、「そうじゃない」と余計に怒られてしまった話は記憶に新しい。

まあ、なんというか、お姫様もお姫様で、悩みがいろいろあったわけだ。

私達はお互いに、自分にないものを羨ましがっていたのだろう。

「結婚だけは里菜お姉ちゃんより早くして、勝つんだーって思っていたのに、このザマだよ。本当に、恥ずかしいね」

「結婚は張り合ってするものではないからね。同じような家庭環境で、価値観をすりあわせることができる人がいたら、結婚しなよ。セレブ婚なんてしなくても、亜里砂と一緒に幸せになってくれる人は、地球のどこかにいてくれるはずだから」

「うん……。里菜お姉ちゃん、ありがとう。それから、あの……」

「何？」

「図々しいかもしれないんだけれど、これからも、仲良くしてくれる？」

亜里砂と私は、地方から東京に出てきた者同士。敵ではない。

「もちろん」

手を差し出したら、亜里砂は照れくさそうに握り返してくれた。

◇◇◇

お盆になり、私は亜里砂と一緒に帰省した。

見渡す限り田んぼに囲まれ、セミの鳴き声がうるさい、いつもの夏の風景が広がっている。地方の都市化が進む中で、この町は昔と変わらない姿を維持していた。

いつもは別々に帰省していたが、亜里砂が「新幹線で知らないおじさんが隣に座るより、里菜お姉ちゃんのほうがマシ」とか言って、席を取ってくれたのだ。

さすが秘書をしているだけあって、スムーズに新幹線の席を押さえてくれた。本当に、ありがとうございましたと言いたい。

あれから亜里砂は、元婚約者の会社に内容証明で契約解除の書類を送り、損害賠償金を支払ったのちに、エステ代を返金してもらったらしい。

内容証明を送ったら、あっさり話に応じてくれたようだ。さすが、守屋さんの入れ知恵だ。

無事、問題が解決して、ホッと安堵した。

ところが、亜里砂にとってはまだすべて解決してはいないようだ。それは彼女の、自尊心に関するものである。

亜里砂のセレブ婚は本家のある小さな町で瞬く間に広がり、一時期は時の人となっていたようだ。祖父も、相当自慢して回ったらしい。

誰もが羨む結婚のはずだった。それなのに、婚約はあっけなく破談となる。

今回、結婚話がなくなってから、亜里砂は初めて本家に行くようだ。私に一緒に行こうと誘ったのは、気まずいからだろう。可哀想《かわいそう》なので、気付かないふりをしてあげる。

お正月ぶりの、本家である。ずらりと並んだ玄関の靴に、すべて畳の部屋、果物と花が山のように供えられた仏壇、宴会をする大部屋には、ごちそうが並んでいた。

お盆に集まるメンツは変わらず。女性陣は忙しく働き回り、男性陣はどんちゃん騒ぎの宴会を楽しむという、いつもの光景であった。

土産袋を抱えた亜里砂と二人、大部屋に顔を出す。すぐに気付いて、手招きされた。

皆の笑顔が怖い。婚約が破談となった亜里砂を見て、酒の肴《さかな》がやってきたと、喜んでいるように見えたから。

さっそく、大叔父が話しかけてくる。

「亜里砂ちゃん、大変だったねえ。結婚話、ダメになっちゃったんだって?」

開口一番、わざとらしく大声で言ってきた。

亜里砂の父親は、実に悔しそうな表情を浮かべている。祖父はため息をついていた。来て早々、いきなり槍玉に挙げられた亜里砂は、俯いてしまった。拳を握り、一言では言い尽くせない感情を押し殺しているようにも見える。

今まで、本家の者達に楯突《たてつ》くことができなかった親族が、隙ができたとばかりに次々と攻撃してきた。

「せっかくお金持ちと結婚する予定だったのに、自分から破談を持ちかけるなんて」

「どうせ、浮気でもされてカッとなったんだろう？」

「浮気は男の甲斐性なのにな」

くらりと目眩《めまい》がしそうだ。考えが時代錯誤すぎて。

伯父さんのほうを見たら、明らかに怒っていた。だが、余計なお喋りは止まることはない。

「そもそも、自分から破談の方向に持っていったってのも、おかしいな」

「婚約破棄されたとなれば、恥になるからなあ。そう言うしかないよなあ」

あまりにも酷いので、一歩前に出て文句を言おうと思った。けれど、亜里砂に制されてしまう。

「亜里砂？」

「いい。言わせておいて。別に、気にしていないから」

それは、嘘だろう。あそこまで言われて、気にならないわけがない。

「いやいや、ですが――」

ここで口を挟んだのは、私の父親だった。亜里砂について悪口を言ったら、カニの殻が入ったボウルを父に投げつけようと思ったが――。

「うちの里菜なんて、結婚のけの字も出ていませんし。それに比べたら、結婚話があっただけ、いいですよ。里菜は本当に可愛げがなくて、男が寄り付きもしない」

的外れの発言に、脱力してしまう。ボウルを投げる気すら、起こらない。

はー、とため息をついていたら、亜里砂が思いがけない行動に出た。

ズンズンと進んでいった先は、私の父の前。まったくの想定外であった。

さらに、思いがけないことを言ってくれる。

「叔父さん、里菜お姉ちゃんをみんなの前でバカにするのは、やめてちょうだい!」

「えっ⁉」

「いくら親子でも、許されないんだからね! 叔父さんの言っていることは、立派なハラスメントだよ! オフィスだったら、訴えられるんだから!」

驚いた。いつも親戚の前でニコニコ幸せそうに笑うだけだった亜里砂が、私の名誉のために父に忠告してくれた。ちょっと、泣きそうになってしまう。

「叔父さんはそうやって、いつも周囲のご機嫌を取っているけれど、なーんの意味もないからね。いざ、自分が困ったとき、何かしてくれるのは、一緒に暮らしている家族だから。家族を何よりも大事にしないと、将来、大変な目に遭うんだから！」

さらに、亜里砂は踏み込んだ発言をする。

「みんなも同じ。あの子は結婚したから偉い、子どもを産んだから偉い、三人も四人も子どもを産んだから偉いって、どうして決めつけるの？　〝みつを〟も言っていたよ。〝みんなちがって、みんないい〟って」

「亜里砂、それ、相田みつをじゃなくて、金子みすゞだよ」

「里菜お姉ちゃんは、黙っていて！」

「はい……」

亜里砂は親戚一同をジロリと睨みつけて叫んだ。

「親しき仲にも礼儀ありなんだからね。盛り上がるんだったら、自慢や誰かを貶《おとし》めるような内容ではなくて、楽しい話をしてちょうだい。何もなかったら、黙ってカニを食べていたらいいんだから！」

亜里砂の見事な主張に、拍手してしまう。なんていうか、スッキリした。

親戚のおじさん達は亜里砂に圧倒され、言葉を失っている。ただ、伯父だけは違った。顔を真っ青にさせていたのだ。

「亜里砂、こっちに来なさい。話がある」

「やだ」

「いいから、来なさい」

伯父は立ち上がって、ズンズンと亜里砂のほうへとやってくる。腕を掴もうと手を伸ばしたので、私は亜里砂と伯父の前に立ちはだかった。

「そこを、どいてくれ。亜里砂に話があるんだ」

「伯父さん、そんなことはいいから、カニ食べましょうよ。冷凍ものでしょうけれど、夏のカニもおいしいですよ」

「何を——!」

「おい、座らんか」

声をかけたのは、祖父だ。それはまさに鶴の一声で、伯父は舌打ちしたのちに、元いた場所へと戻っていく。

「父さん、なんですか? これは、親子の問題で——」

「いいから黙ってカニを食え。皆もだ。楽しい話がある者だけ、喋るといい」

親戚一同、揃って静かにカニを食べ始める。台所から顔を出した騒ぎを知らない祖母が、驚いていた。

「あら、どうしたの、静かにして。ああ、里菜ちゃんと亜里砂ちゃんが来たのね」

祖母はカットしたスイカを、私と亜里砂に勧めてくれた。

「里菜お姉ちゃん、先に選んでいいよ」

「ありがとうね」

真ん中の一番大きいのは避けて、中央寄りのスイカを手に取る。亜里砂は端っこのスイカを手に取って食べた。

静寂の中、シャクシャクとスイカを囓《かじ》る音だけが聞こえた。

「うわ、里菜お姉ちゃん。これ、びっくり。スイカの端っこって、こんなに味気ないんだ」

「そうなんだよ」

「知らなかった。ごめんね」

「どうしたの、二人とも。いつの間にか仲良くなって」

「まあ、いろいろありまして」

「いろいろ、ね」

これからはきっと、亜里砂と今まで以上に仲良くできるだろう。そんな気がしてならなかった。

「それはそうと、亜里砂ちゃん、大変だったわね」

祖母が結婚話を蒸し返すので、ぎょっとした。亜里砂の表情も、強張《こわば》っている。

「きっと、亜里砂ちゃんと結婚できる人は、どこかにいるわ。男はね、眼鏡と一緒で、自分の見え方が変わったら、新しく換えていいのよ。世の中には、たくさんの男がいるのだから。我慢なんてしなくていい。いつでも捨ててやるくらいの気持ちで、付き合えばいいのよ」

なんというか、とんでもない理論である。祖母は亭主関白が普通の時代に生きた人だが、妙にさっぱりしているところがあるのだ。

祖母の話を聞いた男性陣は、いささかシュンとしているような。

亜里砂と顔を見合わせ、笑ってしまった。

これにて、すべての憂鬱の芽を摘み取ることができただろう。亜里砂は吹っ切れたような表情でいる。

私自身も、モヤモヤが吹き飛んで、スッキリした。

秋の章　働き者とマスカットのタルト

つい先日までセミが鳴いていたのに、気がつけば街路樹は色付き、赤や黄色に鮮やかに染まりつつある。

私は相変わらず、出張ネイルをするために、あちらこちらを駆け回っていた。

変化といえば、キャバクラ『プレズィール』で働いている真莉愛さんと友達になったことか。

ママが私の常連客で、挨拶する程度の顔見知りだったが、麻衣の彼氏の一件をきっかけにネイルを頼んでくれるようになって意気投合したのだ。

お店で見かける真莉愛さんは、派手な美人といった感じだ。一方で、プライベートの真莉愛さんは、ブラウスワンピに踵の低いパンプスを合わせたエレガンス美女だ。

どちらにしても、一緒にいるだけで緊張してしまいそうなほどの美人だが、お人柄はいたって素朴である。

外見からは生活感なんてまったく感じさせないのに、味噌汁の鍋をうっかり噴き零してしまったとか、トイレットペーパーが最後の一個になっていて焦ったとか、そういう日常あるあるで盛り上がる。

今日もそんな話を、守屋さんが営むフルーツパーラー『宝石果店』で聞いていた。テーブルを彩るのは、柿のポシェ。柿を砂糖と水で煮込み、さっとレモン汁を垂らしたスイーツだ。トロトロになるまで煮込まれた柿は、驚くほど滑らか。

柿を煮るなんて珍しい一品だが、真莉愛さんが二日酔い気味と言ったら守屋さんが出してくれた。なんでも、柿にはアルコールの吸収を防げ、酸化分解を促進するタンニンが含まれているため、二日酔いの解消に役立つらしい。

「真莉愛さん、二日酔いはどう？」

「あー、うん。だいぶいい」

昨晩は、友達の家で酒盛りを行い、ついつい夜中まで飲んでしまったそうだ。私との約束なんて断ればいいものを、楽しみにしていたからとやってきてくれたのだ。

「真莉愛さん、夢を叶えるには、体を大事にしなきゃ」

「うん、そうだった」

真莉愛さんの将来の夢は、美容師になること。専門学校の学費を貯めるために、せっせと働いている。キャバクラは週休二日で働いているらしい。それ以外に、昼間はデパートの下着売り場で働いているのだとか。派遣会社に登録していて、いろんな仕事をこなしているようだ。

ただでさえ夜のお仕事は大変なのに、真莉愛さんはさらにもう一つ増やそうとしている。

「これ以上、無理はしないほうがいいと思うけれど」

「でも、一刻も早く、専門学校に入りたいし」

とはいえ、体を壊したら、元も子もないだろう。

「実は、別のキャバクラの専属で働かないかって、話もあって」

「引き抜きってこと？」

「まあ、うん。でも、ママさんに恩があるし、他の店に移ることはできないんだけれど……」

時給が三百円ほど高く、働きによっては別に報酬も出ると聞き、心が揺れ動いてしまったのだという。

「最終的に断ったんだけれど、そのあと、掛け持ちでもいいからって食い下がられて」

「よほど、真莉愛さんのことが気に入っていたんだね」

「そんなことないって。開店したばかりで、人手が足りないんだと思う。話を聞いてみたら、ちょっといいかも？　なんて思い始めて。時間は夜の一時から朝方五時までで、残業はなし。時給は昼間の派遣の仕事より高いし、派遣辞めてこっちで働いたほうがいいのかなって」

「キャバクラで働いたあと、別のキャバクラに働きに行くって、大丈夫なの？」

「それだったら、そのまま始発で帰れるでしょう？」

キャバクラ『プレズィール』の営業時間は、夕方十七時から深夜〇時まで。帰りの電車に間に合わなくなった日など、真莉愛さんはよくお店の仮眠室の寝台で朝を迎えて帰っているらしい。

ママも仕事が忙しいときは、お店に泊まり込んで仕事をしているのだとか。

「だから仮眠室って言っているけれど、超ふかふかなベッドがあるの。エアコンは使い放題だし、最高だよね」

「流石《さすが》ママ。従業員思いだね」

お店で働く女の子は、みんな娘みたいなものだとママは言っていた。本当にそう思って、いろいろしてあげているのだろう。

「まあ、もうちょっとゆっくり考えてみる」

「それがいいよ」

おいしいスイーツを食べ、香り高い紅茶を飲み、のんびりお喋りする。楽しい時間はあっという間に過ぎていった。

翌日は、『プレズィール』のママのネイルをする約束をしていた。テーマはハロウィン。お店は今日から、ハロウィンにちなんだ料理とスイーツを出すらしい。

「カボチャのスープに、カボチャのミートパイ、カボチャのパスタ。スイーツは、カボチャのプリンにカボチャパイ、カボチャのマカロンに、カボチャのケーキ」

「ぜんぶおいしそうですね」

「でしょう？　ネイル後のおやつも、お楽しみに」

「そうと聞いたら、頑張らなくては！」

ハロウィンネイルを施したネイルチップを、ずらりと並べてママに見せる。

「うーん、ちょっとおばちゃんがするには派手ね。もうちょっと、シックで大人な感じのハロウィンネイルがあればいいんだけれど」

シックで大人なハロウィンとは？

「あら、これ、いいじゃない！」

ママが指さしたのは、ハロウィンネイルではない。昨日、『宝石果店』で食べた蜜で煮込んだ柿からインスパイアされた、柿ネイルである。落ち着いたマリーゴールドカラーのネイルに、シロップをまとわせたように厚くトップジェルを塗ったものだ。

「これくらいシンプルでいいのよね。これにするわ」

「承知いたしました」

柿とは明かせず、そのままネイル開始となった。

ママは大変気に入ったようで、その日のうちにお店のブログにも載せたようだ。喜んでもらえて何よりである。

『プレズィール』のママの記事を見た常連さんからも連絡がきて、同じネイルをしてくれと注文が入った。

柿ネイルは名前を改め、カボチャのシロップネイルと呼ぶことに決めた。

だって、今はハロウィンのシーズンですもの。

自分の変わり身の早さは、商売人向きだと思っている。営業もしなければならないので、職人寄りの性格ではなくて本当によかった。


日曜日になると、守屋さんと一緒に恒例のスイーツ巡りが開催される。秋はフルーツが豊富だ。ブドウに梨、柿など。

本日の目的は——栗。守屋さんが栗のスイーツを出すお店を、予約してくれたらしい。毎年、秋のシーズンだけ栗のスイーツを提供するレストランがあるのだという。

レストランはホテルの中にあり、普段行くカジュアルなお店とは雰囲気が異なるので、緊張してしまった。

エレベーターが上昇していくにつれ、私の心臓もバクバクと跳ね上がる。

ドレスコードはないようだが、ラフな恰好で挑んではいけないと思い、綺麗めなプルオーバーのシャツに、千鳥柄のロングスカートを合わせた。品よくエレガントに、がテーマである。一方、守屋さんはシャツにジャケットというきっちりした恰好であるものの、ズボンはチノパンなので「行く先はそこまでかしこまった場所ではありませんよ」と主張しているようで、ホッとする。

「佐久間さん」

「はい？」

「栗はフルーツだということを、知っていました？」

「え、栗ってフルーツなんですか⁉」

驚きの事実である。スーパーなどでは野菜売り場に並んでいるので、野菜のカテゴリーなのかと思い込んでいた。

「いや、確かに、よく考えてみたら、野菜でもおかしな気がしますが……！」

なんでも、外側の堅い皮がフルーツに該当するらしい。中の黄色い実は、種子にあたるものなのだとか。

「知らない方が多いと聞きまして」

「知りませんでした。びっくりです。どうして、栗がフルーツなんですか？」

「農林水産省の分類では、主に樹木に生《な》るものをフルーツと定めているようです」

「確かに、野菜は樹になりませんもんね」

ブドウにマンゴー、リンゴにナシ、みかんにオレンジ。言われてみたら、フルーツはすべて樹に実る。

「あれ、でも、イチゴやスイカは樹に生りませんよね？」

「ええ。イチゴやスイカ、メロンなどは、生産に関する問題から、果実的野菜と呼ばれているようです」

「なるほど。作り方は野菜と同じですからね」

分類に明確な線引きは存在せず、生食できる甘いものが果物、そうでないものが野菜とか、種が食べられるものは野菜、そうでないものは果物など、いろいろ定義があるようだ。

栗はフルーツという話から、面白い話が聞けた。緊張も、いつの間にか消えてなくなっている。

もしかして、私がガチガチなのに気付いて話しかけてくれたのだろうか。感謝の気持ちで守屋さんを見上げたら、目が合った。守屋さんは眼鏡のブリッジを押し上げ、ふいと顔を逸らす。

この行動に、意味はさしてないと思っている。守屋さんの癖なのだろう。だから、もうずっと気にしていない。

どんどんエレベーターが上がっていく中、守屋さんがぽつりと呟く。

「実は、高いところ、あまり得意じゃないんですよね」

今から高層階にあるお店に行くというのに、何を言っているのか。笑ってしまった。そうこうしているうちに、エレベーターが停まる。

レストランはホテルの高層にあり、窓から見た景色は地上よりも空が近いような感覚に陥ってしまう。

守屋さんは外の景色を見て、チベットスナギツネみたいな顔をしていた。本当に、高いところが苦手なようだ。

それにしても、高級そうなお店である。店内を歩くだけで、ドキドキしてしまった。守屋さんは私が上座に座るしかない位置でピタリと止まった。視線で、上座のほうに座りたまえと訴えてくる。給仕係が椅子を引いたので、申し訳なさを感じつつも座らせてもらう。

窓際の、景色が美しい席である。夜だったら、さぞかし街の灯りできれいだろう。お店に慣れている感じだったので、行きつけなのかもしれない。こういうところにデートでやってきたら、女性はメロメロだろう。

給仕係がやってきて、「本日シャンパンのサービスをしておりますが、いかがでしょうか？」なんて聞いてくる。

「軽く飲む分には、いいかもしれませんね」

「お店は大丈夫なんですか？」

「今日は機材の点検日で、休みなんです」

「そうだったのですね」

「お酒は好きですか？」

「あまり強いのは苦手ですが」

「でしたら、ベリーニがいいかもしれないですね」

スパークリングワインに白桃のピューレを混ぜた口当たりのよいカクテルらしい。おいしそうなので、それをお願いしてみる。

なるべくキョロキョロしないようにしていたが、お店の内装がいろいろ気になっていた。

明らかに、今まで訪れた食べ歩きの店と異なる。こう、なんと言ったらいいのか、ラグジュアリーな雰囲気をビシバシと感じていた。

給仕係が持ってきたメニューを開いて、悲鳴を上げそうになる。日本語はどこにも見当たらず、すべてフランス語だった。三回往復したが、やはりどこにも日本語は書かれていない。

むしろ、フランス語であると気付いただけでも奇跡か。高校生のときに選択授業でフランス語があったけれど、選ばなかった過去の自分を叱りたい。

正直に、何と書いてあるのかわからないと、守屋さんに訴えるべきか。

もしかしたら、守屋さんも何と書いてあるのかわからない可能性もあるし。

「あ、あの、守屋さん……」

「よくわからないので、お任せで頼んでみます」

守屋さんはきっぱりした口調で言い、パタンとメニューを閉じる。

よくわからないという言葉に、一気に親近感を覚えてしまった。

給仕係がやってきて、注文する。実にスマートなオーダーだった。

ホッと安堵の息をはいていたら、先ほど頼んだベリーニが運ばれてくる。

守屋さんが無表情でシャンパングラスを掲げたので、私も同じように軽く上げた。

心の中で、フランス語よくわからない同盟に乾杯、と言っておく。

ベリーニは初めて飲んだが、桃の甘みが主張しているのに後味はサッパリで大変おいしかった。

お酒を味わっているうちに、栗のスイーツがやってくる。

「ブラン・ド・モンブランでございます」

目の前に置かれたのはグラスに入った、ぶくぶく泡立った白いもの。よく見たら、ソルべらしきものがぶくぶくの中に確認できる。

パッと見た感じ、栗はどこにも見当たらない。

もしかしたら、白い栗が存在するとか？　よくわからないけれど。

ぽかんとしている間に、給仕係が笑顔で説明してくれた。

「こちらは和栗のガトーを、エミュリュションで包み込んだ、秋を感じる、とっておきの一品でございます」

ガトーはフランス語でケーキという意味であることは知っている。けれど、『エミュリュション』がまったくわからない。

給仕係には笑顔を返し、どこに秋を感じていいのかわからない、真っ白いモンブランを食べてみる。

スプーンで掬ったのは、白いぶくぶくとソルべ。

「ん――あ、おいしい」

ぶくぶくはミルクにラムを効かせたものを、泡立てたものだった。おそらく、これがエミュリュションなのだろう。

ソルべは、フロマージュと蜂蜜の風味がほんのり。どちらも、栗の味はしない。

そういえば、和栗のガトーがどうのこうのと言っていたような。

一回目はそっと気遣うように入れたスプーンだったが、二回目は土の中からお宝を発見するように大胆に入れてみる。すると、ソルベの下に和栗のガトーを発見した。

「あっ、栗のケーキ、見つけました」

そう発言したあと、思わず口を閉じ、手で押さえた。

「すみません、ちょっと声が大きかったですね」

「大丈夫です」

眼鏡のブリッジを指先でササッと軽く上げながら、守屋さんは言ってくれる。照れを隠すように、スプーンで掬った栗のガトーを食べた。

栗のペーストが、かなりの割合で入っているのだろう。ムースかと思うくらい、滑らかな生地だった。栗の豊かな風味が、口いっぱいに広がる。

底に、カシスのジュレがあった。ほどよい酸味が、栗のガトーの甘みを爽やかなものへと導いてくれる。

ただでさえおいしいのに、ソルベとエミュリュション、カシスのジュレと栗のガトーを一緒に食べたら、想像の遥か上をいく素晴らしい味わいとなった。

ソルベのさっぱり、エミュリュションの濃厚、カシスのジュレの酸味に栗のガトーの甘味、すべての味わいが喧嘩することなく、一つのスイーツとして完成されていた。

すべて食べ終えたあと、ホッと息をはく。満足感だけが、残った。

帰り際、ホテルのロビーで突然背が高いモデル体形の美人が駆け寄ってきた。ウェーブがかかった金色の長い髪に整った目鼻立ち、トレンチ風のワンピースにブランドのスカーフをオシャレに巻いた、迫力ある美人だった。

何事かと身構えたが、守屋さんの知り合いのようだった。彼以外、見えていないように思われる。言葉を交わすことなく、熱く抱擁する。

長身の男女が抱き合う。それは、映画のワンシーンのようだった。

美女は守屋さんの背中越しに私を見て、目を細めた。それは、「彼は私のモノ」と訴えているような、女神のように美しい微笑みである。

ドクンと胸が嫌な感じに鼓動したが、二人の世界に入り込む隙はない。ここで退散したほうがいいのか。そんなことを考えていたら、守屋さんが驚きの行動に出る。

美女を突き放し、「暑苦しい！」と鋭く発したのだ。

「公共の場で、恥ずかしい行動は慎んでほしいと、何度も言ったでしょう？」

続けて聞こえてきた言葉は、耳を疑うものであった。

「兄さん」

「に、兄さん⁉」

どこに、守屋さんのお兄さんがいるのかと探したが、どこにも見当たらない。モデル体形の美女がいるだけだ。

「佐久間さん、すみません。この人は、私の兄です」

「オ、オニイサン？」

「ええ」

どこからどう見ても美女にしか見えないが、男性らしい。そして、守屋さんのお兄さんであると……。

「こんなところで会うなんて、驚いた」

声は低くて男性のものだった。守屋さんは「兄については、型に囚われない自由な生き物だと思ってください」と私に紹介してくれる。

「あなた、仁君の彼女ね！　初めまして」

お兄さんは名刺を差し出したが、私が手に取る前に守屋さんが握りつぶした。

「やだ、仁君。その名刺、固めのプラスチックだから、痛くなかった？」

「佐久間さんに、ちょっかいをかけないでいただきたいです」

今までにないほど、守屋さんは怒っていた。久々に、ブリザードが激しく吹き荒れているような気がする。

「だって、仁君の彼女、初めて見るんですもの！　地味なタイプが好きなのかなって思っていたけれど、こういうエレガント系なタイプが好きなのねー！」

エレガント系と言われて、一瞬喜んでしまう。普段の私はエレガントとはほど遠い生き物だけれど。上手く、擬態できていたんだな、と。

いや、喜んでいる場合ではない。このままでは、守屋さんの彼女だと勘違いされてしまう。

彼女ではないと主張したかったが、お兄さんはマシンガンのようにどんどん話すので、口を挟むタイミングがない。

「兄さん、声が大きいです」

「だったら、上にあるバーでお話ししましょう。一人で飲む気分だったんだけれど、みんなでパーッと盛り上がりましょうよ」

「こんな時間から、バーが開いているわけがないでしょう」

「貸し切りにしているの。ね、いいでしょう？」

守屋さんはお兄さんの言葉に答えず、私を振り返って鬼気迫る様子で言った。

「佐久間さんは先に帰って――」

「ダメダメ。せっかくの機会なんだから」

そう言って、お兄さんは私の手を掴み、走り出してしまった。

「うわっ！」

静かで品のあるロビーにいるのに、叫んでしまう。

「兄さん！」

瞬く間にエレベーターに乗せられ、守屋さんと二人、ホテルのバーへと連れ込まれてしまった。出会ってから五分と経たずの出来事である。

バーはカウンター席があるだけの、こぢんまりとしたお店だった。だが、壁も床も天井もすべて白で統一された、オシャレな店内である。

お兄さんはもっとも奥の席に腰掛け、その隣に守屋さんが座る。私は守屋さんの隣にと思っていたら、お兄さんに制止された。

「やだ、彼女さんが主役だから真ん中にして！　仁君は端っこ！」

「絶対ダメです」

「あら、ラブラブなのね」

そう言うと、守屋さんは言葉を返さず、眼鏡のブリッジをさっと指先で上げた。

守屋さんの横顔を眺めていたお兄さんは、「うふふ」と笑い始める。守屋さんはお兄さんの笑顔に、うんざりしているように見えた。

「兄さん、気持ち悪い笑い方をしないでください」

「だって、仁君ってば変わっていないんだもの」

「なんのことですか？」

「照れると、眼鏡を上げる癖」

「そんな癖なんかありません！」

「あるわ。仁君、昔から、無表情で感情が上手く読み取れなかったから、眼鏡の動きで判断していたのよね」

「馬鹿らしい」

守屋さん本人はそんな癖などないと言いたいようだが、今まで散々眼鏡をクイクイしている姿を見てきたので、それは違うよと否定してあげることはできなかった。

それはそうと、まだ名乗っていなかった。この空気の中で自己紹介をしていいものか迷ったが、思い切って割り込んでみる。

「あの、私は、佐久間里菜と申します。その、ネイリストです」

「あら！　ネイリストなのね？　その爪、自分でしたの？」

「え、ええ」

「すてきね！　今度、頼んでもいい？」

「佐久間さんは、フリーのネイリストで、紹介制でお仕事をされているんです。誰でも彼でも、引き受けるわけではありません」

「こうして知り合ったんだから、いいでしょう？」

「は、はあ」

お兄さんの指先は、金のラメがキラキラ輝く派手なスカルプチュアだった。

「そういえば私も名乗っていなかったわね。私は守屋剛《ごう》っていうの。『八千代《やちよ》』っていう、果物の小売営業部で働いているんだけれど」

『八千代』というのは、高級フルーツを売る超有名店だ。フルーツパーラーや、ケーキやゼリーを売るショップも何店かあったような。お高いので、ご褒美に買うようなお店である。

「私、『八千代』のフルーツ杏仁豆腐が好きなんです！」

「嬉しいわ。今度、ネイルをするときに、持ってきてあげる」

「わー……」

会話が途切れたのと同時に、バーのマスターらしき男性がやってくる。五十代くらいだろうか。黒いベストがよく似合う、口髭《くちひげ》が渋いおじさまだ。

お兄さんは「いつものやつ」と注文し、守屋さんはハイボール、私はフルーツ系の強くないお酒を頼んだ。

「驚いたでしょう？　私がこんなで」

「いえ、あの、はい」

「正直でいいわね。私がこうなってしまったのは、理由があってね」

お兄さんは遠い目をしながら、話し始める。守屋さんが先ほどから、余計な話はするなと絶対零度の冷ややかな目で訴えていたが、無視して語り始めていた。

「二十年以上前の話だったかしら？　年の離れた兄が、結婚することになったの。相手がすばらしく、すてきな女性でね。仁君はお姉さんができたって、喜んで。男三人兄弟だったから、姉がほしかったのでしょうね。兄の婚約者とは、本当の姉弟のようだったわ。でも……」

婚約は破談になってしまった。姉になるはずだった女性は、他人になってしまったのだ。

「仁君の落ち込みっぷりはすさまじくて……。当時、十歳くらいだったかしら？　純粋な子だったの。これ以上、悲しませてはいけないと決意し、私が仁君のお姉さんになってあげようって思って、実行したのが今の姿なのよ」

「な、なるほど」

なんというか、守屋家には悲しく切ない過去があったのだ。

「そんなこと言っていますけれど、兄さんは昔からスカートを穿《は》いていましたよね。勝手に美談っぽく話を作らないでください」

「そうだったかしら？」

お兄さんは好きで女性の恰好をしているだけで、守屋さんの過去は関係ないようだった。

「仁君、小さいときは可愛かったんだけれど、大きくなったら、冷たくなっちゃって。

仕事辞めたって聞いていたから、家業を手伝ってくれると思っていたんだけれど」

「家業、ですか？」

そういえば、果物の小売店を営んでいると聞いていたような。数ヶ月前に聞いた話だったので、記憶が曖昧だ。

守屋さんは隣で、額に手を当ててため息をついている。

「あれ、仁君。うちが『八千代』なの、言っていなかったの？」

なんだって⁉　守屋さんの実家は、『八千代』を営んでいると⁉

「あの、守屋さん、本当ですか？」

守屋さんは、重々しく頷いた。聞いてはいけない話だったか。

「どうして話していなかったわけ？」

「『八千代』の家の者ではなく、ただの守屋として付き合っていただきたかったので」

「そうだったのね。まあ、いろいろ大変だったものね……」

お兄さんは遠い目になる。何やら深い事情があるらしい。

「実はね、数年前、『八千代』にお家騒動があったの」

「あの、それ、私が聞いてもいい話なのですか？」

守屋さんは苦々しい表情をしながらも、コクンと頷いた。姿勢を正し、お兄さんの話に耳を傾ける。

「ある日、一番上の兄が、独立したいって言い出して」

長男は次期社長となる予定だった。それは困ると社内の上層部は混乱状態になったらしい。

「私はこんなだから、私を社長にという話は即却下。頭が固い、時代遅れの役員ばかりだったからね。そんな中で白羽の矢が立ったのが、当時大学生だった仁君だった。仁君なら、周囲も大賛成だったわけ。でも、それには条件があって、取引先の社長令嬢と結婚しなければならなかったの。昔なじみの娘だったんだけれど、ずっと仁君のことが好きだったたって言ってってね……」

話し合いに話し合いを重ね、守屋さんは弁護士の道から、家業を継ぐ方向へ大きく転換した。しかし——。

「仁君は、ある違和感に気付いてしまったの」

何か、嫌な予感がする。きっかけは、ささいなことだったらしい。すぐさま二番目の兄である剛さんに相談して、探偵を雇った結果、恐ろしい策略が判明した。

それは取引先である会社の、『八千代』の乗っ取り計画。

「一番上の兄は、取引先である会社の社長に独立を唆されていたの。すべては、『八千代』を乗っ取るため、緻密に計算されたものだったのよ」

その後、乗っ取り計画を知った一番上のお兄さんは独立を断念し、再び跡取りの立場に戻った。

守屋さんは大学に通い続け、ついに弁護士となった。

「でも、弁護士としての自分に、違和感があったのよね？」

「ええ」

そして、ぽつり、ぽつりと彼自身の口から語り始める。

弁護士は基本、誰かを助ける仕事である。だが、すべての人を助けられるわけではない。

守屋さんは繊細だったのだろう。仕事だからと、割り切ることができなかったという。気に病み、落ち込み、立ち直れない日もあったようだ。

そんな守屋さんに、転機の瞬間が訪れる。

「ある日、浅草にある喫茶店にふらりと立ち寄ったとき、私はあるものを見ました」

そこは、青果店が経営する、フルーツパーラーだった。疲れていた守屋さんは、気付かずに入店したのだという。

「そこで、パフェやケーキを前にする人々は、皆、幸せそうでした。そのとき、思ったのです。働くならば、毎日笑顔溢れる場所にいたいと」

そして、そのとき飲んだフレッシュなミックスジュースが、とんでもなくおいしかった。守屋さんはすっかり、感化されてしまったそうだ。

「果物は、人を幸せに、笑顔にできるんです。一杯のミックスジュースが、私が本当にやりたかったことを、思い出させてくれました」

そこからの、守屋さんの行動は早かった。

事務所の許可を得て、弁護士と兼業でフルーツライターをしつつお金を貯め、譲ってもらった店舗を改装し、フルーツパーラー『宝石果店』をオープンさせたらしい。

「いろいろあったけれど、今の仁君は幸せそうだから、これでよかったのねって思っているわ。ね、そうでしょう?」

「そう、ですね」

守屋さんはそう言って、眼鏡のブリッジを指先で押し上げていた。


「ごめんなさいねー、デート中に引き留めてしまって」

デートではないのだが、お兄さんがどんどん喋るので口を挟む隙がまったくない。

「ネイル、今度本当にお願いするから」

「兄さん」

「大丈夫よ、心配しないで。私、これでも愛妻家だから。仁君の彼女は取らないわ」

なんと驚いたことに、お兄さんは既婚者らしい。子どもも三人いるとか。

世の中にはいろんな人がいるものだと、しみじみ思ってしまった。

賑やかなお兄さんと別れ、守屋さんと一緒に当初の予定だったデパートへ足を伸ばす。果物を見に行こうと話をしていたのだ。

地下の食品売り場には、『八千代』もテナントで入っていた。こちらは果物の小売りではなく、ケーキや杏仁豆腐、マカロンといった、スイーツ部門である。

守屋さんは『八千代』の前を通らず、遠回りをして果物を売る店を目指す。

ようやくたどり着いたお店は、リーズナブルな価格でおいしい果物を売る小売店らしい。守屋さんオススメのお店なんだとか。

巨峰にシャインマスカット、ナシに柿など、秋のフルーツがこれでもかと並べられている。

守屋さんは店員のおじさんに、本日のオススメを聞いていた。

「今日はこれだね、ピオーネ」

巨峰とカノンホールマスカットを掛け合わせた品種で、近年人気が高まっているらしい。

「ほら、食べてみて」

手渡されたピオーネを食べてみる。実はぷりんとした歯ごたえがあり、豊かな甘みが口の中に広がった。

「甘い！」

二千円の値札が付いていたが、千八百円におまけしてもらった。

たまには、贅沢するのもいいだろう。守屋さんはレーズンを作りたいようで、真剣な表情でブドウを吟味しているようだった。最終的に、トンプソン・シードレスという細長い実を付けたブドウを購入していた。

ホクホク気分でデパートをあとにする。別れ際に、守屋さんが耳寄り情報を教えてくれた。

「来週の土曜日に、『宝石果店』でシャインマスカットフェアを開催するんです」

「シャインマスカット、大好きです。絶対行きます」

「お待ちしていますね」

シャインマスカットフェアを心の支えとして、一週間頑張ろう。

あっという間に一週間が経った。真莉愛さんが話をしたいというので、シャインマスカットフェアに一緒に行くこととなった。

『宝石果店』の店内を外から覗き込み、真莉愛さんはボソリと呟いた。

「この店、いつ来店しても客がいない」

「週末の夜が混むみたい。シメパフェ的な感じで、スイーツ好きな会社員の人とかがやってくるとか」

「ふうん」

サイトやSNSでの宣伝もしておらず、グルメサイトでも評価のコメントがなかったらしい。

「まあでも、基本は一人でやっているから、客が押しかけたら営業が困難になるのかな?」

「そうかもしれないね」

一週間ぶりに、『宝石果店』にお邪魔する。

「いらっしゃいませ」

「どうも」

守屋さんの出迎えに、真莉愛さんは軽いノリで言葉を返す。守屋さんが以前キャバクラ『プレズィール』に来たことは、しっかり覚えていたらしい。

カウンター席に並んで座り、シャインマスカットフェアのメニューを見る。

「シャインマスカットのパフェに、タルト、ムースにゼリー!」

どれもおいしそうだ。迷ってしまう。真莉愛さんは即断即決だった。

「すみませーん。シャインマスカットのパフェを一つ!」

私はその後おおいに迷い、シャインマスカットのタルトを選んだ。

「それで、真莉愛さん、話って何？」

「この前、引き抜きの話をしたじゃん」

「ああ、『プレズィール』より条件がいい、キャバクラ？」

「そう。あのあと、ママさんに相談したんだ。お仕事、もう一つ増やしていいかって」

「ママはなんて？」

「昼間の仕事をセーブするんなら、いいんじゃないって」

「反対しなかったんだ」

「うん。でも、私の体調が悪そうだったり、接客態度が悪くなっていたりしたら、辞めてもらうって言ってた」

「そっか」

ママは真莉愛さんを思って、いろいろ条件を出してくれたのだろう。

「でも、きつくない？　朝方まで営業しているキャバクラなんでしょう？」

「うん。たぶん、大丈夫」

「大丈夫ではないですよ」

シャインマスカットのパフェと、タルトを持った守屋さんが待ったをかける。

まず、真莉愛さんの前にパフェが置かれた。山のように積まれたシャインマスカットの下に、ムースとゼリーが交互になって重ねられている。

続いて、タルトが置かれた。タルト台にぎっしりと並べられたシャインマスカットは、宝石のように美しい。

と、スイーツに気を取られている場合ではなかった。真莉愛さんの「大丈夫じゃないって、どういうこと？」という問いかけを耳にして、ハッと我に返る。

真莉愛さんは強張った表情で、守屋さんを見つめていた。

「キャバクラなどのお店は風営法第十三条で、午前〇時から午前六時まで、深夜営業できない決まりがあるんです。許可を取れば、午前一時までの営業は許されますが」

「え、そうなの⁉」

風営法というのは、風俗営業の規制や取り締まりのために定められた法律だ。

取り締まる対象は、キャバクラに、ゲームセンター、クラブやパチンコ、雀荘《ジャンそう》など。お客さんを接待し、遊興、飲食させる業種が該当するのだとか。

ファミレスや、カウンター越しに食べ物や飲み物を提供するだけなら、接待行為に該当しないため朝まで営業している店も存在するという。

「まさか、営業時間が法律で決められていたなんて……」

これもどこかで習った気がするが、あやふやな知識である。恥ずかしい話、守屋さんが言い出すまですっかり忘れていた。

「もしも店が摘発されたら、営業停止になるでしょう。警察がガサ入れしている話も、たまに耳にします」

「それって、働いている人も罰せられるってこと？」

「どうでしょう？　ただ、法律で禁止されていることに加担するのは、よくないことだと思いますが」

「だよね」

真莉愛さんは唇を噛みしめ、沸き上がる激しい感情を押し殺しているように見えた。

それは、違法な営業を行う店へ引き抜こうとした人物への怒りだろう。

働く前に、わかってよかったのかもしれない。

何か手助けしたいけれど、と考えた瞬間、ある常連さんについて思い出す。

「あの、真莉愛さん。常連さんに美容師がいて、忙しい時間帯だけ働いてくれる人を募集しているんだけれど、興味ある？」

「え？」

真莉愛さんは、ポカンとした表情で私を見る。

「掃除とか、レジとか、受付とか、タオルの洗濯とか、そういうお仕事なんだけれど」

美容師法で髪をカットしたり、染めたり、シャンプーをしたりなどの行為は、国家資格を持つ美容師にしか認められていない。そのため、資格を持っていない者はかかわることができないのだ。

以前から、一人雇おうかどうしようか迷っていると、その美容師が話していた。時間は短いし、時給だってそこまで高くないので、求人を出しても応募はないだろうと、ぼやいていたような気がする。

「お店で技術を見るだけでも、勉強になるかなって。時給は高くないけど、どうする？」

「やる！」

　気持ちがいいくらいの、即答だった。

「半月くらい連絡取っていないから、もしかしたら雇う人が決まったかもしれないけれど、一応、メールで聞いてみるね」

「ありがとう」

　とりあえず、連絡は早いほうがいいだろうと思って、知り合いの美容師に連絡してみる。すると、すぐに返事があった。

「あ、真莉愛さん、一回会ってみたいって」

「本当⁉」

「連絡先を教えてもいい？」

「もちろん」

　まだ従業員を雇うか雇わないか迷っていたようだが、今日も目が回るほど忙しかったらしく、やはり雇ったほうがいいと思い直したところだったようだ。

「ちょうどいいタイミングだったみたい」

「よかった」

たまに、美容室の雑用の求人を見つけても、派遣の仕事の関係もあって応募できないでいたようだ。もしも採用されたら、派遣の仕事は辞めて昼間は美容室の仕事に専念すると真莉愛さんは決意を語る。

「たぶん、派遣より短い時間だから、暇になるだろうけれど、空いた時間は美容師の勉強に専念するから」

「そっか」

「なんか、働いて学費を貯めることしか頭になかったけれど、他にできることもあるんだって、気付いた」

吹っ切れたように語る真莉愛さんの表情は、以前よりも明るかった。

憂い事がなくなったところで、シャインマスカットのスイーツをいただくことにする。

「食べるのがもったいないくらいきれい」

「だね。さっそく、いただきます」

真莉愛さんは躊躇《ためら》うことなく、シャインマスカットを頬張った。

「ん、何これ！　嘘みたいに甘い!!」

そんなにおいしかったのか。タルトを写真に収めてから、パクリと食べる。

「んんっ！」

シャインマスカットの皮はパリッと張りがあり、噛むと甘い果肉が弾ける。

タルト台にはカスタードクリームが敷かれていて、これがシャインマスカットのおいしさを引き立ててくれるのだ。

会話もせずに、どんどん食べ進める。お皿はあっという間に空になった。

悩みが解決したあとのスイーツだったので、いつも以上においしかったように思える。真莉愛さんと笑顔でスイーツを堪能できたことを、嬉しく思った。

「じゃあ、里菜さん、またね」

「ええ、また」

店に残った私は、またしてもお世話になった守屋さんにお礼を言う。

「守屋さん、本日も、ご助言をいただいて、ありがとうございました」

「いえ。気になる単語が聞こえたものですから」

「風営法、知らなかったら大変なことに巻き込まれる可能性があったのですね」

「最近は取り締まりが厳しくなったと聞きますし、きちんと守っているお店で働くに越したことはないかと」

「ですね」

思いのほか、真莉愛さんが美容室で働くことに積極的だったので、よかったと言うべきか。どうか、上手くいきますようにと祈るしかない。

「そういえば、兄は本当に佐久間さんのネイルを予約したという話を聞いたのですが」

「ああ、はい。娘さんと一緒に、いらっしゃるみたいですね」

ネイルを施すのはお兄さんではなく、十二歳の娘さんにちょっとしたネイルをしてほしいと頼まれたのだ。

「守屋さんも、来ます？　たしか、お店がお休みの日でしたよね？」

「そうですね。久しぶりに、姪《めい》の顔も見たいですし」

なんと、五年近く会っていないらしい。

「実家とは、疎遠になっていまして。兄に会ったのも、三年ぶりくらいだったでしょうか？」

「そうだったのですね」

だから、ホテルで会ったときに全力で抱擁されていたのか。

「避けているつもりはなかったのですが、忙しくしているうちに、結果的にはそういうふうになってしまって。両親からも、盆や正月くらいは顔を出せって連絡があったものの、とても行く気にはなれなくて。心のどこかで、怒っていたのかもしれません」

「お家《うち》の事情に、振り回されたことが、ですか？」

「ええ。先日、兄と再会して、久々に当時の話を聞いたら、怒っている自分に気付いたんです」

守屋さんの瞳に、陰りがちらつく。当時は、辛い思いをしていたのだろう。どういう言葉をかけていいのか、わからなかった。ぎゅっと握りしめた手を、膝の上でもてあます。

「佐久間さんに、実家が『八千代』を経営していると言えなくて、すみませんでした」

この辺も、複雑な事情があったのだという。

「この前、婚約者がいた話を、兄がしたと思いますが」

「取引先である会社の、社長さんの娘、ですよね？」

「ええ」

結婚が決まっていたので、月に一度食事に行く程度の付き合いをしていたらしい。

「彼女に特別な好意を抱いていたわけではなかったのですが、結婚相手として意識し、誠心誠意付き合っているつもりでした」

『八千代』の乗っ取り計画が世間に明らかになる前に、事情が変わって守屋さんが『八千代』を継ぐことはないと、婚約者に説明したようだ。

「すると、彼女の態度は一変しました。跡取りではない私に、価値なんか欠片もないと、言われてしまったのです」

守屋さんにとって、それは衝撃的な一言だったようだ。話を聞いていた私までも、胸が苦しくなる。

それから若干、女性不信になってしまったらしい。それも無理はないだろう。

出会った当初の守屋さんのブリザードは、心の壁だったのかもしれない。

客だった私にも、展開していたけれど。まあ、今は大分柔らかくなっている。いい変化だろう。

「付き合いが深まるにつれて、佐久間さんは人を立場や地位で判断する人ではないとわかっていたのですが、なかなか言い出せずに……」

気まずげな表情を浮かべる守屋さんに、私は思ったことを素直に伝えた。

「ご実家がどうであれ、守屋さんは、守屋さんですよ。私は私が見た守屋さん像を、大事にしているので」

「ありがとうございます」

なんというか、御曹司もいろいろ大変そうだ。周囲に振り回されて、気苦労が絶えない人生を歩んでいたのだろう。

話はこれで終わりではなかった。最後に、とんでもない爆弾が落とされる。

「それで、兄さんが、佐久間さんについて、両親に話してしまい、ぜひともお会いしたいと」

　店内に、ヒュウと北風が吹いた気がした。完全に、気のせいだけれど。

　目が合った守屋さんは、眼鏡のブリッジを素早く押し上げていた。

「だ、誰が誰に、ですか？」

「両親が、佐久間さんに、です」

「サクマサン？」

「佐久間里菜さん、です」

　目の前が真っ暗になりそうなほどの、衝撃的な発言である。

「いやいや、私なんて、木っ端《こっぱ》ネイリストですので、『八千代』の社長さんと社長夫人さんと会うなんて、とても、とても」

「社長としてではなく、私の両親として、会いたいそうです」

「どっちも同じ人じゃないですか！」

「両親とも、何年も会っていないので、佐久間さんが一緒に来てくれると、とても心強いです」

　そんなふうに言われると、断れなくなる。

　どうしてこうなったのだと頭を抱え込んだら、守屋さんは明るく笑っていた。

冬の章　ご近所問題とサクサクアップルパイ

北風がぴゅうっと吹くと、紅葉した葉がはらりはらりと散っていく。

キンと冷えきった空気から、冬の匂いを感じた。

気温はどんどん下がり、道行く人の姿も変わっていく。ほんの数日前まで薄いコート一枚だった人が、耳当てとマフラーを装着していた。

先日、守屋さんのご両親と面会するという、大変なイベントをこなした。

私がいろいろ気を遣うからと、守屋さんのお店で会うようセッティングしてくれたのは、非常に助かった。

お家訪問は、いろいろとハードルが高い。

ドキドキしながら迎えた当日。守屋さんのご両親は、気さくだった。守屋さんは私を、「大切な友人です」と紹介してくれた上に、お付き合いしているわけではないときっぱり否定してくれた。

お兄さんが勘違いしたままのようだったので、心からホッとする。

これからも友人として、傍にいてやってほしいと守屋さんのお母さんから言われた私は、もちろんですと笑顔で答えたのだった。


出張ネイルを生業《なりわい》としている私の毎日は、相変わらずだ。お客さんからの連絡を受けて、都内をあちらこちらと行き来している。

おかげさまで、依頼が尽きることはない。

真莉愛さんは私の知り合いの美容師のお店に採用が決まり、一ヶ月前からせっせと働いているらしい。楽しく過ごしているのだとか。

専門学校も紹介してもらったようで、春から通うこととなったようだ。確実に、夢に近づきつつある。

真莉愛さんが専門学校生になったら、学業に専念するためキャバクラ『プレズィール』は辞めないといけない。ママは貴重な人材がいなくなると、嘆いていた。

「真莉愛がいなくなったら、お客さんがぐっと減るわ。あの子、ファンが多いのよ」

「わかります。真莉愛さん、さっぱりしていて、発言にキレがありますからね」

「そうなの。それが面白いって、お客さんに大受けで。本当に残念だわ。里菜ちゃんも、独立するとき、店長に惜しまれたでしょう？」

「あー、まあ、人手が満足にいるわけじゃなかったので」

「渋谷にある、キティ・リボンの本店ね」

「ええ」

「あそこ、お店の女の子が、最近ますます予約が取れないって、ぼやいていたわ」

「雑誌によく載っていますし、芸能人やモデルの常連も多いですからね」

「給料もよかったんでしょう？」

「今よりは、ですね。でも、集団の中で働く気苦労を考えたら、今のほうがずっとマシだなと」

なんというか、お店で働いているときは、精神的に辛かった。

従業員同士は常にライバルで、事務所には売り上げランクがでかでかと掲示されていた。

常連さんの奪い合いや、陰口も酷かったし、ライバルを蹴落とすために勤務日が入れ替わったという嘘を言って無断欠勤状態にさせる、なんて出来事もあった。

売り上げランキングの上位五名は毎月特別手当があることから、皆、目の色を変えて働いていたのだ。

人気男性アイドルが爪の手入れをしたいと来店してきたときも、誰が担当するか争いになって、死人が出るのではと戦々恐々とするくらい。

　私は三十名いたネイリストの中で、売り上げの順位は二十位前後をウロチョロしていた。全体を見ると、そこまで高くない。

「里菜ちゃんレベルで二十位だったの？」

「私が一番上手いと思っていた人は、十八位でしたよ」

「どういうことなの？」

「あの店で、ランキングで上に行く人は、技術を持っている人じゃないんです」

「もしかして、営業に力を入れている人？」

「そうなんです」

「えー、なんか、納得いかないわ」

　たくさんの人に声をかけたり、ＳＮＳで宣伝したりして、せっせとお客さんを集めているのだ。

「練習を重ねたり、勉強したりしていると、営業に力を入れる暇がないんですよね」

「まあでも、悲しいことに、そういうのはどこの業界にもあるのよね……。キャバクラでも、美人で明るくて、性格がいい子がナンバーワンになれるとは限らないから」

「私も一時期、なんとかランキングを上げようと、頑張っていた時期があったんです。でも、順位を追い抜かした子と仲が険悪になったり、嫌がらせを受けたり、散々でした」

「そういうの、ショックよね。自分のランクが下だったから、今まで仲良くしてくれていたの？　って思っちゃうし」

「ですね。辛かったです」

このままお店にいても、順位を上げることばかり考えて、肝心のネイルに対する思いが揺らいでしまう。そう思った私は、独立を決意したのだ。

「今は、ライバルは自分だと思って働いているのですが、今まで会社がしていた事務もこなさなければいけなくなって。日々勉強で、試練続きです」

「でも、以前よりもずっと楽しいんでしょう？」

「はい」

「だったら、よかったじゃない」

あのときの決断は、間違いではなかった。今は胸を張って言える。

「今どきの子ってね、逃げるのが下手らしいの。石の上にも三年を地でいくタイプが多いみたいで。我慢して働いた先には、いいことなんてないから、辛くなったら逃げてしまえばいいのよ。私はお店の子にも、そう言っているわ」

「そうですね。それができる人は、少ないと思いますが」

ママみたいな経営者が職場にいる人は、本当に幸せだろう。

「あ、ごめんなさい。なんか、喋りすぎてしまって」

「いいのよ。里菜ちゃん、あんまり自分のことは喋らないから、なんか嬉しかったわ」

「ありがとうございます」

「お礼なんていいの。なんかね、不思議なの。私は独身で、子どもはいないのに、みんながママ、ママって呼んでくれるでしょう？　そのうち、自分の子どものように思えてくるの」

「それって、お客さんもですか？」

「もちろん。ここのお店は私のお家で、みんな疲れて帰ってくるから、面倒みなくちゃって気になるのよね。そういうわけだから、里菜ちゃんも私の娘の一人なのよ」

「ママ……」

今日は、なんだか私らしくない。ママに昔のことを話してしまうなんて。

なぜ、お店のことをうっかり喋ってしまったのかといえば、このあと、キティ・リボンの店長の予約が入っているからだ。

店長は私を引き留めつつも、最終的に独立を応援してくれた。二、三ヶ月に一回くらいの頻度で、ネイルも頼んでくれる。

ありがたい話なのだが、同業者にネイルするのは酷く緊張する。今回は三ヶ月ぶりと久しぶりだったので、朝から憂鬱でフルーツの一切れも食べられなかったくらいだ。

今日一日、私の胃は保つのか。不安だ。

と、会話で盛り上がっているうちに、ネイルが完成した。

「わ〜、可愛い。やっぱり、里菜ちゃんのネイルは可愛いわ」

「ありがとうございます」

この瞬間のために、私はネイリストをしているのだろう。喜んでもらえて、本当に嬉しい。

「それはそうと里菜ちゃん、なんだか顔色悪いけれど、大丈夫？」

「あ、えっと、はい」

「その様子は大丈夫ではないわね。ちょっとここで待っていて。健康にいいスムージーを作ってきてあげる」

「そんな、悪いですよ」

「今、私の中でスムージーブームなの。お店の女の子も、顔色が悪かったら、強制的に飲ませるようにしているのよ。里菜ちゃん、今どんな感じにしんどい？　症状に合わせて、スムージーを作るから」

「えっと、胃がモヤモヤする感じです」

「そう。辛いのに、こんなにきれいなネイルを施してくれて……」

「あの、ちょっと違和感があるくらいで、そこまで酷くないんです」

「それでも心配だわ。ちょっと待っていてね。すぐに作ってあげるから」

ママはすっと立ち上がり、足早に去っていく。本当に、面倒見がいい人だ。従業員ではない私に、ここまでよくしてくれるなんて。

「スムージーか」

ポツリと、独りごちる。固形の食べ物は受け付けないが、液体状になったものならば体は受け入れてくれるような気がする。このまま、何も口にせずに仕事をするのはよくないだろう。

今日ばかりは、ママの厚意に甘えることにした。

数分後、ママが戻ってくる。

「お待たせー！　〝里菜ちゃん元気にな〜れ・スムージー〟よ」

「わー、ありがとうございます」

元パティシエールのママが作ったスムージーなんて、絶対おいしいに決まっている。

「これ、何が入っているのですか？」

見た目はほんのり黄色がかっている。その点から推測するのは難しい。

「飲んでからのお楽しみよ」

「そうですか。では、さっそくいただきます」

まず感じたのは、ヨーグルトの酸味とリンゴの甘さ。それから、もう一つ何か入っているような気がするが、そこまで主張していない。優しい味わいのスムージーだった。

「うーん。リンゴとヨーグルト、蜂蜜、あとは何でしょうか？」

「カブよ」

「カブ！」

リンゴとヨーグルトの狭間にあるわずかな存在感は、なんとカブだった。

「カブはね、胃の不調を整える効果があるの。食べる胃腸薬とも呼ばれているのよ。胃の中を温めて、腹痛を防いでくれることもあるみたい」

「へー！」

リンゴは疲労の蓄積を防ぎ、ヨーグルトは整腸効果が期待できるという。

「カブだけだったら飲みにくいけれど、リンゴとヨーグルトを混ぜたらおいしいって評判なの。それでも、ちょっぴり違和感があるだろうけれど」

「ですね。でも、言われなければ気付かないレベルかと」

朝から何も食べていなかったが、スムージーだったらごくごく飲める。あっという間に、飲み干してしまった。

「ママ、ありがとうございました。おいしかったです」

「よかったわ」

心なしか、胃がシクシクと痛む感じはなくなっているような。ママに感謝だ。

これで、元気よく二件目に挑めるだろう。

ママにお礼を言い、店を出た。喫茶店で軽く時間を潰したのちに、渋谷にあるキティ・リボンに向かった。

キティ・リボン本店は、渋谷の商業ビルの九階にある。今日も若いお客さんがわんさか集まり、盛況なようだった。

今まで受付の子は顔見知りだったけれど、久々にやってきたら違う子になっていた。彼女はネイルの専門学校に通っていて、「いつかキティ・リボンのナンバーワンになるんです」と言っていたので、今はネイリストをしているのだろうか。

受付を済ませ、店長のもとへ向かう。

「佐久間さん、久しぶり！」

三ヶ月ぶりに会った店長は、随分と痩せたように見えた。ほっそりというより、げっそりしている。

「ちょっと、お痩せになりました？」

「心労が尽きなくって」

どうやら、余所《よそ》にネイリストの引き抜きをされた上、新しく雇ったネイリストがお客さんとトラブルを起こしたようで裁判沙汰になっているらしい。

「裁判は言わずもがな、なんだけれど、引き抜きはお客さんも一緒に連れていかれたから、辛かったわ」

「なんとお声をかけていいものか」

「佐久間さん、本気で戻ってこない？」

丁重にお断りをしておく。もう、ランキング争いをして、従業員間でバチバチしている環境に身を置くことはできない。

ネイルをしつつ店長の話を聞く。ここ最近、手入れをしている時間がないのだろうか。いつもすべすべだった店長の肌は、若干乾燥気味だった。肌の保湿から始める。

化粧水やローションをたっぷり肌に塗り込み、手袋を嵌めてしばらく放置するのだ。

「知り合いの伝手《つて》を使って、やっとのことで従業員は確保できたの」

「いろいろ、大変だったのですね」

「ええ、そうなのよ。でも、問題は、それだけじゃなくて……」

店長はバツイチだったのだが、最近再婚したらしい。相手に連れ子がいて、いきなり小学生男子の母親になったという。

「難しい年頃の子で。まあ、子育てに苦労はつきものだから、いいんだけれど」

問題は別にあるようだ。なんでも、ご主人が勤める会社の社宅であるマンションに引っ越したのだが、すでに奥様同士のグループができていて、なかなか厳しいものがあると話す。

「なんていうか、結構関係性が特殊で」

社宅の奥様に、序列があるというのだ。

「上司の妻がいくら若くて年下でも、敬語を使うのが基本みたい。夫の直属の上司の奥さんは私より十も下なんだけれど、すごく気を遣うの。こういう付き合いは初めてで、どうやって打ち解けたらいいのか、悩んでいるのよ」

コミュニケーション能力が高い店長がグチを零すので、相当大変な場所なのだろう。

「厳しいルールは人付き合いだけじゃなく、他にもあって――」

社宅内には、自治会があるようだ。ゴミの分別にうるさく、ゴミ出しの日は自治会長の奥方が仁王像のような表情でゴミ捨て場を見張っていると。

序列の頂点に立つ奥方に嫌われたら最後。とんでもない目に遭うらしい。それでトラブルを起こし、引っ越しをした人もいるようだ。

残念なことに、店長の部屋は自治会長一家の隣なのだとか。社宅は壁が薄く、隣の生活音が大きくて、物音で夜に起こされることがあるようだ。

「きっとお互い様だと我慢していたんだけれど、自治会長の奥さんから、小学生の子どもがうるさいと、注意されてしまって」

確かに、子どもは元気いっぱいで、部屋の中で走り回ることがある。やんわり注意しても、聞く年頃ではない。それに、再婚したばかりで、強く叱ることも憚《はばか》られるという。

「まだ、親子としてスタートしたばかりで、いきなり厳しくしたくないのよね。距離は、ちょっとずつ詰めたくて」

自治会長の家に詫びのお菓子を持っていくと、怒りを抑えてくれるらしい。なんというか、なかなか大変な環境だ。

「旅行に出かけたら、贅沢な暮らしをしているのねと言ってきたり、車を替えたら、やっぱり共働きは稼げるのね、なんて下世話なことを言ってきたり。生活を覗き見されているようで、いい気はしないわ」

「大変なんですね」

「こんな環境だなんて、想像もしていなかったわ。でもまあ、連れ子は生意気でも可愛いし、夫との結婚生活は満足しているから」

夢は一軒家を建てることなのだとか。お金が貯まるまで、家賃が安価な社宅で我慢しているのだという。

「それはそうと、佐久間さんに聞きたいことがあって」

店長は私生活の話をきりあげ、思いがけない話を振る。

「あのね、夫の部下にいい子がいるんだけれど、一回会ってみない？」

「お見合い、ですか？」

「まあ、そうとも言えるけれど」

これが目的だったのかと、心の中で頭を抱えてしまう。

彼氏はずっといない。今は仕事のほうが大事だ。そう言っても、おそらく「会うだけでも」と食い下がってくるだろう。

「真面目で、誠実で、学生時代はラグビー部で、全国大会に行ったみたい。佐久間さんに、お似合いだと思って」

「いや、あの、私は……」

結婚は考えていない。出張ネイルは始めて一年半しか経っていないし、今は仕事を頑張りたい気持ちが強い。

「えー、その、なんと言いますか、せっかくお話をいただいたのに、申し上げにくいのですが――」

「もしかして、今、彼氏がいるの？」

店長の言葉に、思わず「それだ！」と叫びそうになった。彼氏がいると言えば、お見合いを断る理由になるだろう。きっぱり断っても、店長の顔を潰すことはない。

「え、ええ。そうなんです。彼氏がいるので、お見合いはできないかなと」

「そっか。佐久間さん、彼氏がいるんだ。どんな人なの？」

「えっ⁉」

まさか、詳細を聞かれるとは。とっさに守屋さんの顔が浮かんだので、イメージをお借りして伝えることにした。

「知的で、落ち着いていて、趣味が合うんです」

「そうなの……」

ガッカリしている様子だった。もしかしたら、私を紹介すると相手方に言ってしまっているのかもしれない。なんせ、何年も彼氏なんぞいなかったから。いや、今もいないんだけれども。

「あの、佐久間さん、お願いがあるの」

「な、なんでしょうか？」

「その彼氏に、会わせてくれない？」

「え⁉」

彼氏なんぞ世界のどこにも存在しないのに、どうやって会わせるというのか。

絶対に無理だ。サーッと、血の気が引いていく感覚に陥る。

「で、でも、忙しい人ですし」

「十分、いいえ、五分でいいから。佐久間さんに相応しい彼氏だったら、諦めもつくから」

「もしも、彼氏が相応しくないと感じたら、どうするんですか？」

「そのうち別れるだろうから、主人の部下にもうちょっと待っていてと声をかけるわ」

有無を言わさない、迫力ある笑顔で言ってきた。こうなったら、何も言えなくなる。

額に手を当て、ため息をついてしまう。

「一回、時間が作れるか、彼氏に聞いてみてくれる？」

「難しいと言われるかもしれませんが」

「ええ、わかっている」

話が一段落付いたのと同時に、ネイルは完成となった。冬の夜をイメージした濃紺のカラージェルに、ビジューを散らして星々の輝きに見立てている。

「うん。相変わらず、いい腕ね」

「ありがとうございます」

「うちの従業員じゃないのが、本当に悔やまれるわ」

「店長が独立したら、お手伝いに行きますので」

「あら、そう？　だったら、独立も視野に入れてみようかしら。雇われ店長なんて、責任ばっかりつきまとって苦しいだけよ」

どうか、店長の働く環境がよくなりますようにと、祈るばかりだ。

「じゃあ、連絡を待っているわね」

「はい」

彼氏がいるなんて嘘をついた、しっぺ返しだろう。正直に、今は仕事のほうが大事であると言うべきだったのだ。

トボトボと道を歩きながら、考える。

もしも、彼氏の都合がつかなかったと言っても、「いつなら都合が付くの?」と返されるだろう。一回だけならまだしも、何回も断り続けるなんて不可能だ。

どうすればいいのか。考えるが、答えはでてこない。

こういう憂鬱なときは――守屋さんのお店『宝石果店』に行っておいしいものを食べるに限る。

家に帰る前に、『宝石果店』へ立ち寄ることに決めた。


お店を外から覗き込む。今日も、特にお客さんはいないようだ。

真莉愛さんではないが、やっていけているのか若干心配になる。

「いらっしゃいませ――佐久間さんでしたか」

「こんにちは」

守屋さんは私を見るなり眼鏡のブリッジを指先で押し上げ、きびきびとした動きで席まで案内してくれる。

以前、守屋さんのお兄さんが、眼鏡を上げるのは照れている証拠だと言っていたけれど本当なのだろうか。本人は否定していたが。

「メニューです」

「ありがとうございます。あ！」

リンゴフェアが開催されているようだ。さまざまな種類のリンゴのスイーツがあって迷ってしまう。

今回は、スイーツに使うリンゴの品種と説明も書かれていた。

果汁たっぷりでシャキシャキの『ふじ』。

甘みが強く、ジューシーな『秋映《あきばえ》』。

甘酸っぱい『ジョナゴールド』。

聞いたことはある品種だけれど、どんな味かよくわからないのでありがたい。

「リンゴって、本当に種類豊富ですよね」

「ええ。日本での歴史は、そこまで長いわけではないのですが」

リンゴが海外より伝わったのは明治時代。アメリカからジョナサンを始めとする、たくさんのリンゴの苗が輸入されたらしい。真っ赤な実を付ける甘いリンゴは、瞬く間に日本人に愛されることとなった。

「ジョナサンは、紅玉《こうぎょく》といったほうがわかりやすいでしょうか？」

「ああ、なるほど。それにしてもジョナサン……人の名前みたいですね」

「ええ。その通り、人名なんですよ」

なんでも、アメリカのニューヨーク州の農場で、ジョナサンという男性が発見したため、そのまま名前が品種に付けられることとなったのだとか。

他にも説があって、果樹園を運営していた女性が作り、夫であるジョナサンの名を借りて名付けたとか。どちらが本当かは、明らかにされていない。

「ジョナサンは煮崩れしにくいので、アップルパイ作りには欠かせない品種です」

リンゴフェアのアップルパイには、ジョナサンがふんだんに使われているようだ。

話を聞いているうちに、アップルパイが食べたくなった。

「アップルパイにします。お一ついただけますか？」

「かしこまりました」

注文を受けてから焼くとメニューに書かれていたので、とても楽しみだ。

ぼんやりと窓の外の風景を眺めていたら、守屋さんが話しかけてきた。

「あの、佐久間さん。何かあったのですか？」

「へ？　なんでですか？」

「元気がないようでしたので」

普通にしていたつもりだったが、守屋さんには様子がおかしく見えたようだ。私も、まだまだである。

憂鬱なのは、いもしない彼氏を紹介してくれと店長にお願いされたからだ。

「よろしかったら、話してくれませんか？　話すことで、気が楽になる場合もありますし」

「いえ、大した話ではなく――」

「佐久間さんの、力になりたいのです」

ここまで言われたら、遠慮するわけにはいかないだろう。腹をくくって話をする。

「実は、前職の上司から、お見合い話を持ちかけられて、いもしない彼氏がいると嘘を言って断ったのです。そうしたら、彼氏に会わせてくれと」

「はあ、そういう話でしたか」

「彼氏がいると、嘘をついてしまった罰なんです」

「でしたら、私を彼氏として紹介すればいいのでは？」

また守屋さんが、彼氏役をしてくれる？

大変ありがたいが、関係ない守屋さんに迷惑をかけるわけにはいかないだろう。

それとは別に、もう一つ受け入れることができない理由を口にする。

「もう、これ以上嘘を重ねるのは辛いので」

「本当の彼氏になれば、問題はないのでは？」

「え⁉」

守屋さんは平然としながらも、眼鏡のブリッジを高速でクイッと押し上げる。心なしか、顔が赤いような気がした。照れているときに眼鏡を動かす癖があるというのは、間違いないようだ。

余裕たっぷりに提案を持ちかけているのに、内心照れているとか。可愛いところがあるものだ。

「まあ、無理にとは言いませんが」

「あの、お気持ちは大変嬉しいのですが、守屋さんにご迷惑をかけてしまうのでは？」

「迷惑だとは、思いません」

それってどういうことなのか。頭上に、疑問符がぷかぷかと浮かんでしまう。

「私はずっと、佐久間さんのことを好ましく——あ！」

突然守屋さんは、キッチンのほうへと走っていった。どうやら、アップルパイが焼けたようだ。先ほどから、甘く香ばしい匂いが漂っていたので、大丈夫なのか気になっていたところだった。

「危うく、焦がしてしまうところでした」

運ばれてきたのは、バニラアイスがトッピングされたアップルパイ。パフェのアイスがちょうど余ったので、おまけに載せてくれたらしい。

「わー！　おいしそう」

「アイスが溶ける前に、召し上がってください」

「はい。いただきます」

ナイフを使って、アップルパイを切り分ける。

切れ目を入れると、ザクッと音が鳴った。バニラアイスを添えて、頬張る。温かいアップルパイと、冷たいアイスの組み合わせは最強だ。口の中は幸せでいっぱいになる。瞬く間に、アップルパイとアイスを食べきってしまった。

「おいしかったです」

「それはよかった」

温かい紅茶を飲んでホッとしていたら、守屋さんの先ほどの発言を思い出してしまった。

私はずっと、佐久間さんのことを好ましく――。

あれは友人としてではなく、恋愛的な好意なのか。聞き返す勇気なんかない。

今日のところは家に帰ろう。

お店のドアには〝ＣＬＯＳＥＤ〟の看板が掛けられ、閉店となった。

「すみません。閉店時間まで居座ってしまって」

「いえ、お気になさらず。ちょうど、佐久間さんと少し、話したかったものですから」

腰を浮かせていたら、テーブル席に座るよう促された。守屋さんと向かい合うような形で座る。

「話というのは、先ほどのお付き合いについてです。この際ですから、きちんと申し込ませていただきます。佐久間さん、私と、お付き合いをしていただけますか？」

「あ……えっと、その、お気持ちは、大変嬉しく思います」

お付き合いの申し込みは、素直に嬉しい。好意を抱いてもらい、光栄にも思う。けれど、付き合うことになって、今までの関係や空気感が変わってしまうのがイヤだと思った。彼氏と彼女となり、相手に期待するのも、されるのも、正直怖い。

「嫌でしたら、きっぱり断ってください」

「いえ、嫌というわけではなくて、この前守屋さんのご両親に紹介するとき、私のことは友人だと紹介しましたよね？　そこから、心変わりがあったのですか？」

「いいえ、以前から、お付き合いできたらいいなと、考えていました」

その言葉は恥ずかしかったのだろう。守屋さんは眼鏡のブリッジを素早く押し上げる。

「フルーツの話を真剣に聞いてくれたり、おいしそうに食べていたり、他にもいろいろあるのですが、一番は、一緒にいて、心が安らぐ存在であると、思っているからです」

それは、私もだ。

胸がきゅんきゅんときめくような強い感情ではないけれど、一緒にいるとホッとする。仕事のことがいつも頭を占めている私は、相手にすべてを捧げ、身を焦がすような恋はできないのかもしれない。

「私は今、恋人よりも、仕事を優先したいと思っています。そんな私が、守屋さんとお付き合いする資格など、ないと思うのですが」

「別に、気にする必要はないのでは？」

「え？」

「今までと同じように、互いに会いたいときだけ会って、そうじゃないときは会わない。これでは、ダメなのですか？」

「そ、それは……」

「仕事が忙しかったり、疲れていたりしたら、無理に会う必要はありません。佐久間さんも仕事と健康、それから、あと二つくらいは大事なことがあるでしょう。私は五番目くらいの順位に付けていただけたら、十分だと考えているのですが」

「五番目の、男でいいと？」

「ええ」

まさかの五番目の男に、笑ってしまった。こんな男性《ひと》、めったにいないだろう。私がネイリストの仕事を大事に思っていることを、知っている。その他にも、大切にしているものがあることも。

正直に言って、ワガママだろう。

けれどそんな私を受け入れ、こうして好意を抱いてくれるのは、守屋さんだけかもしれない。

「本当はもっとゆっくり、距離を詰めていけたらと思っていたのですが、お見合いの話を聞いてしまい、いてもたってもいられず……」

このまま、お付き合いしてもいいものか。そんなことを考えたが、そもそも私と守屋さんは、これまで十分すぎるほどのお付き合いをしてきた。

春はベリー尽くしのスイーツを食べ、初夏はサクランボのミルフィーユを堪能し、秋は純白のモンブランを味わった。それ以外にも、食べ歩きは頻繁にしている。

周囲から見れば、それは付き合っている状態にしか見えないだろう。

お付き合いをすると、関係を明確にしても、私達の関係は大きく変わることはない。

だから私は、守屋さんの申し出を喜んで受けることにした。

「守屋さん……ありがとうございます。とても、嬉しいです。私でよければ、お付き合いできたらいいなと、思います」

なんとか言いきった。

守屋さんは今まで見せたことのないような、明るい笑顔を見せてくれた。

◇◇◇

数日後——店長をフルーツパーラー『宝石果店』に招待し、守屋さんを紹介する。

「彼が、お付き合いしている、守屋さんです」

守屋さんを前にした店長は、目を丸くしていた。

「本当に、彼氏がいたのね。雇った劇団員ではないわよね？」

「違います」

守屋さんは整った顔立ちをしているので、役者では？　と疑ったのだろう。

「ここのお店のオーナーで、フルーツ専門のライターもしています。劇団員ではありません」

守屋さんから名刺を受け取り、最近作った『宝石果店』のサイトを見たら、納得してくれたようだ。

「なんだ。本当に、彼氏がいたのね。あの時、目が泳いでいたから、絶対嘘だと思っていたのに」

嘘は見抜かれていたようだ。私の人生は、悪いことはできないようになっているのだろう。

「紹介しようとしていた人、佐久間さんにぴったりだと思っていたんだけれど」

「すみません」

「謝ることじゃないわ。悔しいけれど、お似合いだから」

店長は「は──っ」と長いため息をつく。それは、お見合いを進めることができなかった落胆にしては、あまりにも深すぎた。

よくよく見たら、目の下に濃いクマがあって、肌艶もあまりよくないような気がした。明らかに、何かストレスを抱えているといった感じである。

「あの、また社宅で何かあったのですか？」

「そうなのよ。聞いてくれる？　私、自治会長の奥さんに、ついに嫌われてしまったの」

「うわあ……」

一応、守屋さんにも軽く、店長の社宅事情について説明した。守屋さんは眉を顰《ひそ》め、近所同士で過剰に干渉し合う環境があるのかと、呆れていた。

「原因は、息子なんだけれど……」

店長の小学生の息子が雨の日に家の中でサッカーをしていて、壁にシュートを決めてしまったようだ。もちろん、自治会長夫婦が住むほうの壁である。

「家の中でサッカーをするなと何度も怒っていたのに、私が洗い物をしている隙に、壁に向かってサッカーボールを蹴ってしまったのよ」

ちょうど壁の向こう側にいた奥方は大激怒。すぐさま家にやってきて、教育がなっていないと怒鳴り散らす。

普段から店長の子どもが生意気だという文句から始まり、店長の仕事の帰りが遅く、夜に廊下を歩くヒールの音がうるさいとまで言い出した。

「いったいどこで働いているのかと聞かれて、ネイリストをしていると白状したの。あまり、言いたくなかったんだけれど……。佐久間さんなら、わかるでしょう?」

「もしかして、安価や無償でネイルしてくれって頼まれることですか?」

「そう」

その日はそれで終わったのだが、翌日菓子折を持っていったときに、奥方からネイルをしてくれないかと頼まれたようだ。

「その日は、申し訳ないという気分だったので、ネイルをしたわ。でも、それが間違いだったの」

それから三日後、ご近所様と連れ立って、ネイルを無料でしてくれないかと押しかけてきたそうなのだ。だが、店長ははっきり「ネイルは商売なので、無償ではできない」と言った。

その発言が、奥方の顔に泥を塗ってしまったようだ。

「翌日から、嫌がらせが始まったわ」

昼夜問わず壁をドンドン叩かれ、挨拶しても無視され、回覧板は飛ばされ、ゴミ捨ての日は分別ができていないと、目の前でゴミ袋を開封されてしまった。

「お菓子の空き袋を見て、子どもに甘い物を与えすぎなんじゃないと言われて、悔しくなったわ。生活に口出しされるなんて、絶対に許せなかった」

もう我慢ならない。店長は夫に訴えたが、自治会長は夫の上司でもあるので、どうにもできないという。マイホーム資金が貯まるまで我慢するように言われたようだ。

「日に日にストレスがたまって、家に帰るだけで胃がキリキリ痛むの。今日は、佐久間さんの彼氏を紹介してもらって、いい気分転換になったわ。ありがとう。ごめんなさいね、愚痴ってしまって」

「いえ……」

店長は、相当追い込まれているのだろう。どうにかならないのか、守屋さんに質問してみる。

「あの、守屋さん、こういうご近所トラブルを取り締まる法律はないのですか？」

「ちょっと待って。それって逆に私が、生活音がうるさいって、訴えられるかもしれないわ」

その心配に対し、守屋さんが落ち着いた様子で説明してくれる。

「工場などが出す騒音については取り締まる法律はありますが、残念ながら生活音について取り締まる法律はありません」

「そうなのね」

店長はホッとしている様子を見せていた。

「民法第七百九条、七百十条において損害賠償を請求することが可能なようですが」

民法第七百九条は不正行為に基づく損害賠償請求、民法第七百十条は財産以外の損害賠償の請求らしい。

「ただ、民法の条件を満たす近隣住民とのトラブルは、ほとんどないかと」

「そうよね。それに、裁判を起こすのは、ちょっと……」

近所トラブルで問題を起こしたら、暮らしにくくなる。店長がそう呟くと、守屋さんがすかさず助言する。

「悪いことははっきり悪いと言わないと、嫌がらせがどんどんエスカレートする可能性があります。我慢するのはよくないです」

ゴミ袋を目の前で開かれることに対しては、プライバシー権の侵害を理由に、損害賠償を請求できるという。れっきとした、法律違反らしい。

「法律、違反……。そうだったのね。私、怒ってよかったんだわ」

店長は胸に手を当て、ホッと息をはく。

「私は、何か間違ったことを言ったのかと思っていたけれど、何も間違っていなかったとわかって、安心したわ」

訴えることはせず、毅然とした態度で奥方と闘うと宣言する。

「家族との平和な暮らしのために、頑張るんだから！」

虚《うつ》ろだった店長の目に、光が宿った瞬間だった。


店長が帰ったあと、守屋さんはみかんジュースをふるまってくれた。

「わー、甘い！」

驚くほど甘く、おいしいジュースだった。

「それ、砂糖や蜂蜜は入っていないんです。みかんを搾っただけの、そのものの甘さなんですよ」

「えっ、こんな甘いみかんがあるんだ！」

酸味なんてまったくない。甘く、まろやかな風味だった。

「これは、タンカンという、南国みかんです。ポンカンとネーブルオレンジの交配種で、鹿児島県で多く栽培されています」

オレンジのように皮が堅く、実もプリプリしているらしい。

「糖度が高く、ビタミンはみかんの二倍あるとも言われています」

タンカンは本土にはあまり出回らず、珍しい品種らしい。守屋さんは鹿児島に知り合いがいるようで、送ってもらっているのだとか。

「まだまだ、私の知らないフルーツがあるんだなー」

「先日、仏手柑《ぶっしゅかん》という、合掌する仏の指先のような柑橘を取り寄せたんです。届いたら、写真を送りますね」

「仏の手の柑橘⁉　何ですか、それは！」

相変わらず、守屋さんと私はフルーツの話ばかりしている。

フルーツの世界は奥深く、どれだけ話しても飽きない。

一年は瞬く間に移ろい、守屋さんと出会ってから一年が経とうとしている。

「春になったら、また守屋さんが作った、おいしいイチゴのパフェが食べたいです」

「張り切って、作ります」

守屋さんはクールにそう言いながらも、眼鏡のブリッジを指先で押し上げる。

彼と同じように、私もなんだか照れてしまって、残りのタンカンジュースを飲み干してしまった。

後日、店長とフルーツパーラー『宝石果店』で偶然会ったので、近況を聞く。

どうやら、『宝石果店』が気に入ったようで、週に一度は通っているのだとか。

問題の社宅問題は――なんと、毅然とした態度で対応していたら、他の女性陣が味方についてくれたらしい。

自治会長の奥方は長年、マンションの長として君臨していたが、いろんな人に嫌がらせをしていたようで恨みを買っていたようだ。

形勢逆転し、大人しくさせることに成功したと、店長は胸を張って語っていた。

そんな勝利宣言を、『宝石果店』のスイーツを頬張りながら、笑顔で聞く。

いつだって、悩みや心配事は、ここでおいしいフルーツを食べたら吹き飛ぶ。

だから、店長も私も、『宝石果店』に通うのだろう。

◇◇◇

季節は巡り、凍えるような冬から、春になろうとしていた。
仕事は相変わらず――と言いたいところだが、私のネイル画像がＳＮＳで話題となっていたようで、問い合わせが相次いでいる。一人で営業しているので、メールの返信だけでも一苦労だ。

今日も一日働き回り、癒やしを求めてフルーツパーラー『宝石果店』へ。

しかし、一足遅く閉店してしまった。店内に守屋さんがいたので、中に入れてもらう。

「里菜さん、今日はずいぶんとお疲れですね」

「ちょっと慣れないことをしていたので、だれているのかもしれません」

ぐったりしていた私に、守屋さんは疲労回復効果があるパイナップルでジュースを作ってくれた。

驚くほど甘くて、おいしいパイナップルだった。

ゆっくりしていっていいというので、ジュースを片手にまったりさせていただく。

守屋さんは『宝石果店』のテーブルに、各地から取り寄せたイチゴの数々を並べていた。ルビーのように美しいイチゴの粒を、真剣な眼差しで見つめている。そんな彼を、私はじっと眺めていた。

お付き合いを始めてまだ二ヶ月程度だが、驚くほど関係は今まで通りである。

私の五番目の男である守屋さんは、私に何も期待しない。海のような深く広い心で、受け止めてくれる。

それがどれだけありがたいことなのか、守屋さんは知らないだろう。

あまりにも熱烈に見過ぎてしまったのか、気付かれた。

「なんですか？」

「順位について、考えていたんです。守屋さんの中の私の順位は、イチゴとサクランボ、メロンにマンゴー、スイカにブドウ、そのあとくらいかなと」

「何を言っているのですか」

眼鏡のブリッジを、指先でクイッと上げる。いったい何を照れているのやら。

「里菜さんが一位に決まっているでしょう」

その言葉を聞いた瞬間、顔がカッと熱くなる。突然、恥ずかしいことを言わないでほしい。

「だったら、私も順位を一つあげておきます」

「上げるって、里菜さんの中で、私は五位じゃないですか。一つ上がっても——」

「四位ですね」

五位改め、四位の男はがっくりとうな垂れた。

その落胆ぶりに、笑ってしまう。

可哀想になったので、試食用に置かれていたイチゴを手に取り、あーんと言って食べさせてあげた。

「どうですか？」

「あ、甘い……！」

悶絶するほど甘いのか。私もイチゴを食べる。甘い果汁が、口の中いっぱいに広がった。

瞬く間に、幸せな気分になる。

守屋さんとの関係は、種から果物を作っていくように、少しずつ育てていきたい。

将来、果実が実ったらいいなと考えている。

「里菜さん、どうかしたのですか？」

「なんでも――いえ。いつか、お話しします」

その日がくるかどうかは、まだわからない。

これから先もいろいろあるだろう。もちろん、楽しいことばかりではない。辛いことも、あるだろう。

これまでの私と違って、一つ、人生に楽しみができてしまった。

すべての始まりは、ここ、フルーツパーラー『宝石果店』から。

おいしい果物を使ったスイーツが、私を幸せにしてくれる。

いつだってフルーツのおいしさで、憂鬱はふわりと消えてなくなるのだった。

参考資料

Berry BOOK　甘酸っぱくておいしい、ベリーのお菓子とドリンク60レシピ　原 亜樹子　PARCO出版

フルーツ・デザートの発想と組み立て

旬の果物を使いこなす。フレッシュから煮る・焼く・揚げるまで　田中真理　誠文堂新光社

体においしい はじめてのスムージー150　池谷敏郎（監修）渥美真由美　西東社

フルーツライフの提案（ヤマケイ手づくりライフ）　梅田 浩　山と溪谷社

フルーツパトロール　伊藤まさこ　マガジンハウス

からだにおいしい フルーツの便利帳　三輪正幸（監修）高橋書店

果物屋さんが書いた果物の本　牧 秀夫　三水社

これって損？―女の子のトラブル、法で解決100（てぃんくるbooks）　後藤邦春　しょういん

頼る力　99％のトラブルが解決！かかりつけの法律事務所へ　吉田章美　合同フォレスト

プロのネイリストになる！自分らしく輝く！ネイルのお仕事・最新ガイド

NPO法人日本ネイリスト協会（JNA）（監修）河出書房新社

美しい手になるハンド&ネイルケア きれいな手でマイナス10歳！（別冊家庭画報）

木村安気子（監修）世界文化社

本書は書き下ろしです。
この物語はフィクションです。
実際の人物・団体等とは一切関係ありません。

ポルタ文庫
フルーツパーラー『宝石果店』の憂鬱
2020年2月27日　初版発行

著者　江本マシメサ

発行者　福本皇祐
発行所　株式会社新紀元社
〒101-0054
東京都千代田区神田錦町1-7　錦町一丁目ビル2F
TEL：03-3219-0921　FAX：03-3219-0922
http://www.shinkigensha.co.jp/
郵便振替　00110-4-27618

カバーイラスト　fouatons
DTP　株式会社明昌堂
印刷・製本　株式会社リーブルテック

ISBN978-4-7753-1805-8